我就是京城第一惡女！

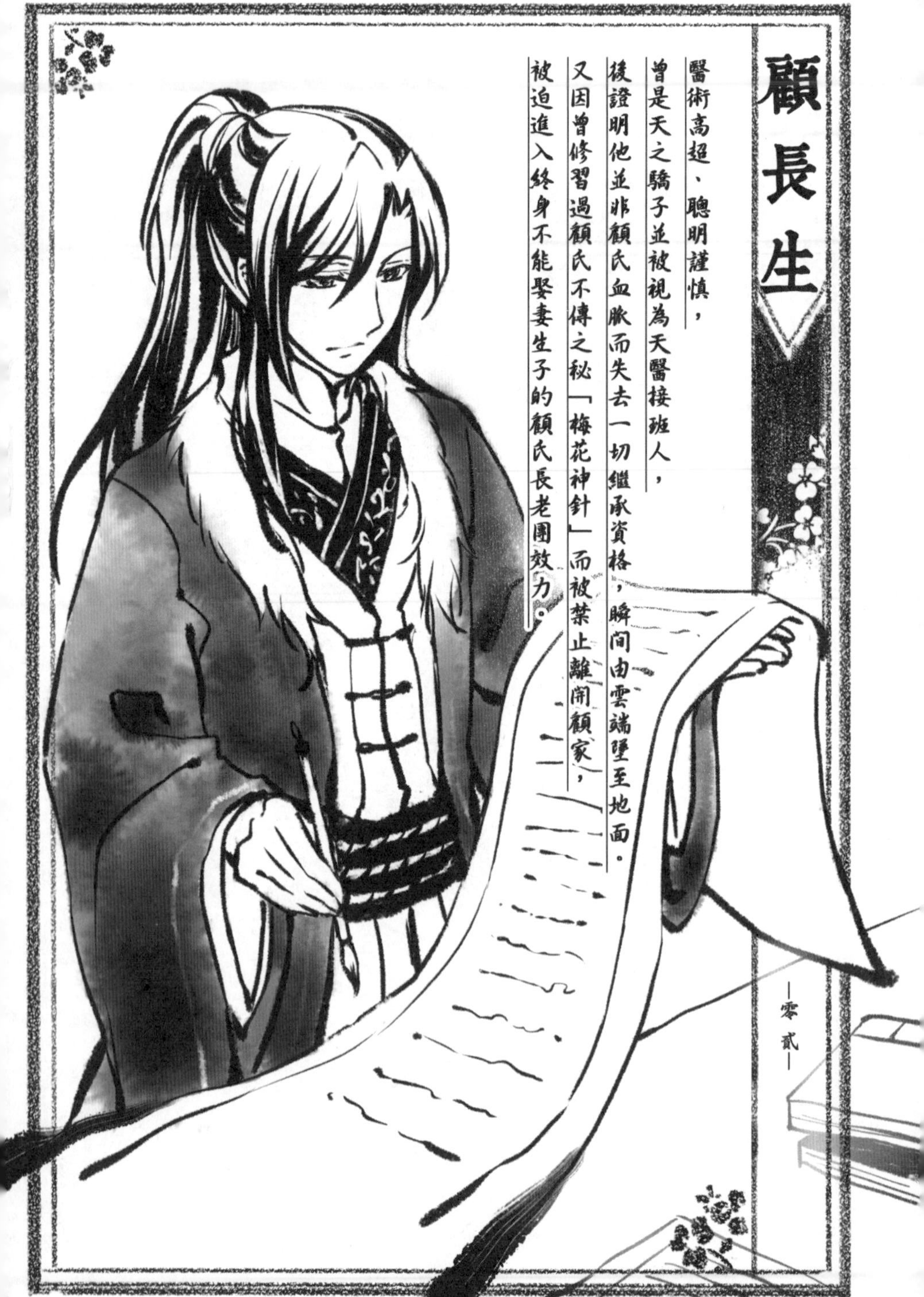
顧長生
醫術高超、聰明謹慎，
曾是天之驕子並被視為天醫接班人，
後證明他並非顧氏血脈而失去一切繼承資格，瞬間由雲端墜至地面。
又因曾修習過顧氏不傳之秘「梅花神針」而被禁止離開顧家，
被迫進入終身不能娶妻生子的顧氏長老團效力。

葉昭陽

顧晚晴義父母之子，兒時與顧晚晴感情要好，後顧晚晴回歸顧家並對葉氏一家不管不問，以致葉昭陽對顧晚晴態度逆轉心生恨意。在穿越後的顧晚晴努力協調下，姐弟感情重歸於好，並進入顧家所設的醫廬學習醫術。

目錄

第六十章

【上門】

對於這次浩大的天醫選拔活動，其實顧晚晴自己並沒有寄予太高的期望，她知道自己的斤兩，去參加只是想看看能不能從中學到東西，順便認識認識其他的醫學名士，如果她將來要另投明師，說不得要從他們之間選擇。她原就是抱著這樣的想法去的，可沒想到大長老幾經關照，還一路把她送進了前五十強，正式進入到複賽階段。

要知道，剩下的這些選拔者要嘛熟知醫理，要嘛經驗豐富，要嘛有專擅之長，只有她，什麼都不會。而下一次比賽的內容早已命題了，是解毒。

身為醫者，遇到的不僅有各式病症，還有各種意外，其中就包括中毒。蛇毒、菇毒、花草毒，都是比較常見的，做為一個合格的大夫，當然要具備緊急應對的能力，身上也要常帶各種解毒藥丸。而作為天醫的候選人，則要更進一步，知己知彼，也要兼具製毒之力，才能更好的瞭解毒性，從而配製解藥。

所以下一場的比賽內容便是，五十人分作二十五組，每兩人一組，每人研製毒藥一份、解藥若干，賽時以家畜試藥，先餵之毒藥，再由對方解毒，用時短、清毒效果佳的為勝。

這場比賽留給大家的時間比較充足，有二十天的時間，現在只剩十天。十天後便是比賽的日子，而顧晚晴什麼都還沒開始準備呢。

其實對顧晚晴來說，無論毒藥還是解藥都非常簡單，吸點毒素放出去，不就是毒藥了嗎？再吸回來，就解了。不過，她不願意這麼作弊，那樣就算她勝了，她還是什麼都不會。說白了，她還是想學東西，而不是單純追求名次。

說起製毒，絕不是隨便拿幾種有毒的草藥合在一起就行了，因為比賽規定，自己製的毒同時必須製出解藥，最後也會由家畜一一試毒解毒，解不開者會被扣分。

這幾天，顧晚晴倒是從葉昭陽借回的醫書上查到了一些毒劑和解藥的配製方法，不過可想而知，這種刊印出版流傳已久的普通貨色怎麼可能會對晉級有幫助？而她對各種草藥的藥性瞭解不夠，自己研究恐怕是來不及了，只能尋找成方。想來想去，她想到了阿獸帶她去過的那個醫廬。那裡有很多毒劑啊！還有試驗筆記，應該有用。

想到這裡，顧晚晴就坐不住了，只是那竹廬在深山之中，上次有阿獸帶路自然沒有問題，可現在只剩她自己，怎麼去就成了問題。

想了半天，似乎只能求助於葉明常了。於是顧晚晴和葉顧氏交代了一聲後，就租了馬車動身回千雲山。

這段時間，葉明常一直留在千雲山這邊，只是偶爾才回京城，聽說他的草藥種植已經有些眉目，總算皇天不負苦心人。

顧晚晴本是想直接到藥田去的，反正葉明常也不會在山下的茅草屋裡，可遠遠的，顧晚晴就見茅草屋那邊有炊煙升起，不由得好奇，難道葉明常回去了？

當下顧晚晴便讓車夫將馬車趕至茅草屋外。下車後，她推開院門走了進去，邊走邊喊了聲：「爹，你回來了？」

話音還沒落，從原先葉氏夫婦住的那間屋子裡走出來一個十五、六歲的姑娘。她穿得雖然樸素，卻生得面如桃花，一雙眼睛裡就像蘊了兩汪泉水似的，十分漂亮。她歪著頭看著顧晚晴，「妳是誰？」

顧晚晴還想問呢。她看了看四周，問道：「請問這裡不是葉家住的嗎？」難道葉明常把屋子租出去了？

「是啊，是姓葉的。」那姑娘也打量著顧晚晴。她的目光在顧晚晴的衣著上停了一會，突然露出個笑容，「妳是葉家的姐姐吧？我叫姚采纖。」

顧晚晴更加狐疑了：「請問……妳怎麼在這？我爹呢？」

「葉大叔在山上的藥田呢。」姚采纖笑著走到顧晚晴身邊，眼睛一個勁的瞄著她腰間墜著的梅花絡子，那絡子中編著幾顆鎦金珠子，閃閃耀耀的，甚是好看。

顧晚晴被她這麼一看更不自在，「我還是去找我爹吧。」

「姐姐慢點。」姚采纖一把攬上顧晚晴的手臂，「我娘剛去給葉大叔送飯了，咱們……還是先別去打擾他們的好……」說著話，她的眼睛輕輕一眨，睫毛又密又長，像兩把小刷子一樣。

顧晚晴怔了一下，而後緊皺起眉頭，「什麼叫別打擾他們？妳和妳娘到底是什麼人？為什麼會在我家？」

姚采纖笑了笑，伸手撫著自己垂下肩頭的辮子，說道：「葉大叔是我娘的恩人。上個月我娘入山採藥受了傷，是葉大叔救了她。我娘見葉大叔自己在山裡生活清苦，就每天來這幫他做做飯，再送過去。」

顧晚晴越聽越不對勁，正常情況下，救人沒有錯，報恩也沒有錯，但關鍵是，一個女人帶著女兒每天到山裡幫一個單身男人做飯，還什麼……別去打擾他們？這正常嗎？

「上個月？」顧晚晴假意好奇，「從上個月開始，妳們就天天來？」

「是啊。」姚采纖點著頭，眼睛還時不時的轉到顧晚晴身上的佩飾上，彷彿有些羨慕。「有時候晚飯做得晚了，我和我娘就住在這。」

還在這住！顧晚晴盤算著，這都一個多月了，這期間葉明常也回過京城，居然一點口風都沒露，不管從哪點看，都太可疑了。

難道葉氏夫婦的婚姻終於要面臨中年危機了？

須知葉顧氏雖然才四十歲，但因為多年的操勞，她看起來仿如五十歲的婦人，同年紀的男人看起來則年輕許多。再看這姚采纖，十足十的一個美人胚子，她娘想來差不到哪去。

顧晚晴試探的道：「妳們天天來……妳家裡人就沒有意見？」

姚采纖似乎就等她這麼問，大大方方的一笑：「我爹過世十多年了，家裡只剩我和我娘了。」

頓時，顧晚晴被一股危機感深深籠罩了。

顧晚晴最終還是去了藥田。她不可能不去，那個姚采纖就差明明白白的說咱們就快成一家人做姐妹了，她怎麼能不去！

她與姚采纖一前一後的上了山。到了藥田時，並未在田中看到葉明常，正當顧晚晴尋找之際，姚采纖輕車熟路的繞到另一個山坡上。顧晚晴跟著上去，便見這裡新開墾出不少藥田，坡頂處搭了一個簡易的棚子。兩個身影正從棚子裡面出來，朝她們而來了。

「采纖，妳怎麼上來了？」

走在前頭的婦人率先開口。那婦人看起來約莫三十二、三歲，身姿窈窕，眉目間與姚采纖有三、四分相像，生得雖不像姚采纖那麼水靈，但膚質瓷白細膩，柳眉櫻口，眼角眉梢帶著些許顧盼風情，也是個難得的美人了。

葉明常則跟在那婦人的身後，本是尋常的神情，可走得近些看到了顧晚晴，頓時侷促起來。

姚采纖笑著與那婦人道：「娘，這位是葉家姐姐，來看葉大叔的。」

婦人聽罷，面帶微笑上前輕輕一福，「小婦人白氏，見過葉姑娘了。」

顧晚晴並沒答腔，逕自與葉明常道：「爹，我有事情和你商量。」

葉明常應了一聲，連忙走過來。

葉明常經過白氏身邊的時候，白氏拉了他一下。而後白氏笑著接過葉明常手中的藥鋤，又與顧晚晴點點頭，帶著姚采纖往山下去了。

這個小動作讓顧晚晴有著不好的預感。看著葉明常，顧晚晴嘆了一聲，終是沒問出口，只說了自己的事。

葉明常看起來卻是萬分的無措。在聽完顧晚晴的話後他怔怔的，也不知在想什麼。

「爹？」顧晚晴叫了他一聲。

葉明常緩回神來，只跟顧晚晴對了一眼便馬上轉開目光。

顧晚晴的心情頓時落得更沉。顧不上什麼避忌，顧晚晴直接問道：「你與白氏……發生了什麼嗎？」

葉明常身子一僵，低下頭，頗有些無地自容之意。

顧晚晴只覺自己指尖發涼。自來到這裡後，她將葉家當成自己的家，將葉氏夫婦當成自己的父母。她一直覺得葉家雖然貧寒，但夫妻互敬、子女孝順，相當難得，怎麼會在日子剛有好轉之時發生這樣的事？難道男人真的是有錢就變壞？老實如葉明常這樣的男人也有出軌的一天！

「那你想怎麼辦？」顧晚晴不由自主的冷下臉來，腦中想的盡是不能讓葉顧氏知道這件事。

顧晚晴雖是葉家的義女，平時待葉氏夫婦也是極好，可她要是發起火來，家裡人誰都不敢多說什麼。

此時也是如此，葉明常本就覺得沒臉，在顧晚晴的追問下挫敗的蹲下身子，狠狠的拍了自己腦袋一下，斷斷續續的道：「我……也不知道。她倒是沒提要去見妳娘，但是我……都怪我糊塗！對不起妳娘！」

葉明常一巴掌接一巴掌的拍著自己的腦袋，目光中滿是痛苦。

顧晚晴瞭解義父葉明常的為人，本來就不太敢相信他會做出這樣的事，此時更覺蹊蹺。她攔住他問道：「到底是怎麼發生的？」

開始葉明常低頭不語，最後拗不過顧晚晴的連番追問，低聲道：「我其實……也不太知道……」

在葉明常羞愧的講敘中，顧晚晴迅速將事情經過整理了一遍。

白氏是鄰村的人，平日靠種些草藥賣到京城裡過活。前段時間她入山採藥受了點傷，被葉明常偶然間救下。而後就如姚采纖所說，她以葉明常一人獨居甚為清苦為由，常過來為他做飯，一來二去的，兩個人就熟了，一天晚上也不知道怎麼著興致就上來了，弄了點酒喝，然後……然後葉明常就沒有記憶了，畫面直接轉第二天早上，一切盡在不言中了。

顧晚晴久久不語。

她知道葉明常的酒量，尋常十杯八杯都是頂得住的，要喝到他失去記憶沒有印象，他們那天到底是喝了幾缸酒啊？話說人都喝到那種狀態了，還有心力做那種事？

還有那個白氏也奇怪，一般寡婦碰到這樣的事要嘛尋死上吊，要嘛馬上要人負責，哪會委委屈屈的忍下來，然後像沒事一樣繼續來做飯？

不過，事已至此，葉明常已經承認了，再找白氏對質也不會得到不一樣的結果，所以顧晚晴想的還是以後該怎麼辦。

「這件事不能拖。」事關葉顧氏的將來，顧晚晴自然不會等閒視之。「我們先回去，聽聽她到底想怎麼樣。」

對於葉明常，顧晚晴還是責怪的，如果不是他防守不嚴，無論這事是真是假，都不會有機會發生，所以也沒什麼好口氣。

葉明常面上盡是懊惱與自責，聽顧晚晴這麼說他也沒有反對，不發一言的跟在她身後，直到山下的茅草屋。

當顧晚晴與葉明常到了茅草屋後才發現，白氏母女早已走了。

顧晚晴有心到鄰村去找她問個明白，被葉明常攔下，「她一個寡婦，我們貿然上門，若在村裡引起什麼傳言，她可就沒有活路了。我本就已經對不起她，怎可……」

聽了這番話，顧晚晴覺得，也許葉明常心中早有了處理的方法，只是沒對自己說罷了。

一時間，顧晚晴對葉明常萬分的失望，三妻四妾在現在雖是正常之事，但她還是不願看到葉顧氏要故作大度的容忍別的女人進門共同分享丈夫。

看著顧晚晴不快的神情，葉明常咬了咬牙，「這件事……還是讓爹處理吧。」

顧晚晴一挑眉，「納她為妾？」

葉明常長嘆一聲：「這事本就是我的過錯，怎可再連累妳娘跟著傷心？納妾的事我從未想過，可她……也著實委屈。事情發生後的頭幾日她提過想到京城去，我想在京裡給她們置個小宅子，以後隔段時間送些用度過去，讓她們有個依靠，也算是對她的補償……」

說著說著，見顧晚晴的面色更寒，葉明常忙道：「只是對她有個交代，我是不會再登她的門的。」

聞言，顧晚晴面色稍緩，不過總是不好看。葉明常雖沒有納妾的心思，可也扛起了照顧她們母女的義務，這很危險，相當危險！且葉明常的提案，白氏母女能不能同意還是兩說，從她今天對那對母女的觀察來看……似乎有點難纏。

「晚晴，妳給爹一點時間，先……先別和妳娘說……」葉明常顯得有些心力交瘁。

在顧晚晴心中，葉明常雖然少言寡語，但十分可靠，而此時的他，神色與言語間卻帶了些許的懦弱。顧晚晴知道，他是真的不願傷害葉顧氏，不然，他大可把白氏娶進家門，也沒人會說他的不是。

顧晚晴終是點頭同意，暫時放下這件事，與葉明常一同進了山中。

因為要辨認方向，此次進山自然沒有上次阿獸帶路走得那麼順利，幾乎到傍晚，顧晚晴才看到山頂的那塊大石。然後他們抓緊了時間，趕在太陽下山之前，找到了那間醫廬。

好在此時已是盛夏，雖在深山之中，卻也沒有感覺到涼意。當晚，他們簡單的把醫廬打掃了一下就各自尋房間睡了。

第二天一早，顧晚晴才開始整理那些試驗筆記。她原是想抄錄一些回去，盡量保持這裡原封不動，可試驗筆記太多了，其中的字跡有些又需要費神辨認，若要抄錄定會耽誤不少時間，顧晚晴乾脆把筆記全部打包，打算過後抄錄好了，再找機會將這些筆記送回來。

對於石桌上的那些毒劑，顧晚晴一瓶未取。這些毒劑她拿了也沒用，又不知道如何處理，帶回去反而是麻煩。而她又怕有人誤入深山發現這裡，卻不知這些瓶瓶罐罐是毒劑，於是她在石桌的顯著位置上留了一張字條，說明這些毒劑的威力，然後用石頭壓好。

臨行前，顧晚晴與葉明常又重整了醫廬外的那個墳頭，上次有阿獸攔著，顧晚晴沒有叩拜成，這次她恭恭敬敬的磕了個頭，以示自己認他為師。

他們按原路返回。到了千雲山下的茅草屋時，又是夜幕降臨之時，距顧晚晴離開京城已有兩日了。

次日清晨，葉明常一早便去鄰村僱了車，送顧晚晴回京城去。

「妳放心，那事我定會處理好的。」經過了兩天的沉澱，再面對顧晚晴時，葉明常已恢復了往常的冷靜。

顧晚晴默默的點了點頭，事到如今，她只能暫時相信葉明常，因為她沒有更好的方法來平息這件事。不讓白氏進門，是她的最後底線。

回京這一路上，顧晚晴都悶悶不樂的。她突然覺得自己很笨，也恨自己沒有那麼高明的心計能夠步步為營。一直以來她都隨興的活著，還暗暗竊喜自己的生存環境簡單，沒遇上什麼家鬥宅鬥，不想……這就來了。

如果葉明常處理不好這件事，她能保護葉顧氏嗎？

思索了一路，顧晚晴的拳頭也越捏越緊。不是能不能，是一定！她一定要保護葉顧氏，不受任何人的傷害！

回到京城，顧晚晴先去了鋪子，想先看看葉顧氏，不想那裡大門緊鎖，居然沒有開門。休息了？這簡直是不可能的事情，開業這麼久，葉顧氏從來沒有休息過！難道是病了？

顧晚晴急忙趕回家中。

終於到了家，顧晚晴連忙請車夫幫忙把那些筆記搬進院裡，她便馬上朝葉顧氏的房間跑去，邊跑邊喊：「娘，妳怎麼……」

話，在顧晚晴邁入房間時停下。

葉顧氏坐在桌前，面色倒真的有些憔悴，可顧晚晴並不認為她病了，會如此是因為……桌子另一側坐著的那個美貌婦人。

第六十一章

【打妳個滿臉桃花開】

白氏……

顧晚晴萬萬沒想到她會在這裡。難不成她那天離開了茅草屋就來了京城？怕自己為難，所以先下手為強？

顧晚晴一愣神的工夫，白氏已朝她笑了笑，「大姑娘回來啦，恕我有身子在身，不能起身相迎了。」

一句話，說明了許多問題。

葉顧氏走向了顧晚晴，臉上掛著勉強的笑容，「這位是……白姨娘，聽說妳們見過了？」

顧晚晴沒有言語。她審視著白氏，只見她嫵媚的雙眼微垂，雙腮飛霞略帶點點羞意，還真算得上尤物一個，只是，她的心計讓顧晚晴覺得噁心，既然早有打算，何不當時講明，非得偷偷摸摸的搞這種把戲！

「妳姨娘她……有了身孕。」葉顧氏的眉宇間滿是疲憊，「往後就住在這。我明天叫昭陽喊妳爹回來，咱們家……也該辦辦喜事了。」

葉顧氏委屈的模樣讓顧晚晴當即怒意迸發：「她是誰的姨娘？」

顧晚晴上前將葉顧氏擋在身後，她看著白氏哼了一聲，「也不知懷了誰的孩子到這來認親！」

葉顧氏驚詫的轉身。

白氏倒是穩穩當當的，輕輕笑了笑，「大姑娘這話說得太難聽。我一個寡婦，就算吃了虧，原也不打算追究的，只當是報了恩了，可誰知……竟有了這骨肉，我一個人委屈不要緊，可他……」說著她輕撫小腹，「他畢竟是葉家的血脈，也是姑娘的弟弟啊。」

白氏那有恃無恐的樣子，讓顧晚晴越看越來氣。

就在這時候，葉顧氏拍了拍顧晚晴的手，輕聲說：「妳才回來，去梳洗一下吧。白姨娘的事，妳不必管了。」

顧晚晴本就容不得白氏進門，白氏的出現已觸到了她的底線，但經葉顧氏一說，她倒稍稍冷靜下來。葉顧氏定然已是請大夫看過確認了白氏的身孕，才會如此認命。白氏的肚子擺在那，她就算再發脾氣也是無用，還不如好好想想該如何應對這進了門的妖孽。

顧晚晴一直對葉明常出軌的事非常懷疑，一是按葉明常的酒量來說，他不會那麼輕易醉倒；二是縱然醉倒，也不會全無記憶，事後盡是白氏一家之言，豈可盡信？現在居然又弄出身孕來登堂入室，簡直狗血過頭了！

顧晚晴忍下心頭怒火回了房間，到了屋裡她又是一皺眉。屋子散發著一種桂花頭油的味道。自打離了顧府，她從沒用過頭油。葉顧氏倒是給她買過兩瓶，一瓶是茉莉味的，一瓶是丁香味的，她一直收在櫃子裡都沒開封。

她的目光自然而然的往梳粧檯那邊看過去，見她原來擺在那的胭脂首飾盒子都挪到了一邊，另一邊放著兩個簡樸的首飾盒子。

她走過去，打開其中一個，裡面的東西倒是不少，但大多都是絹花，各色都有，新舊不一，金銀首飾只有那麼一兩件，俱是最為簡單的樣式。再看另一個盒子，裡面裝了許多胭脂水粉，各種香味混合在一起，味道有些嗆人；又有一個瓶子的瓶口處略有缺失，塞子塞不嚴，一些頭油也滲了出來，滿屋子的桂花味也是由此而來。

寒酸成這樣，斷不會是誰送她的禮物了。

顧晚晴心有所悟，走到衣櫃前，拉開了櫃門。

如她所料，衣櫃內她的衣服也被移至一旁，空出一半位置來，卻只掛了三兩件樸素布裙，顯得有點冷清。

顧晚晴緊攥著拳頭，心中更怒，不請自來也就算了，還真把自己當成主人了！

正在這時，院中傳來嬌嬌的笑聲：「娘，看我給妳買了什麼！」

顧晚晴緊抿著雙唇走到門邊，便見姚采纖大包小包的抱了滿懷的東西。

見葉顧氏走出門來，姚采纖便從中挑了一個小盒給她，「大娘妳也有，是上好的水粉，要三錢銀子一盒呢。」

葉顧氏拿著那個小盒，極不自在的樣子，讓顧晚晴心疼極了，不止恨得牙癢癢的，手也癢了，顧還珠殘留下的暴力因子蠢蠢欲動，想打人。

姚采纖又道：「大娘，妳給我的那十兩銀子……實在買不了什麼，我娘屋裡還缺一套梳粧檯，我已和那老闆說了，讓他們明天送來。」

姚采纖的話讓顧晚晴徹底暴怒。

賤丫頭！使著我們的銀子還得受著妳的埋怨？

這時，跟在葉顧氏後頭出來的白氏朝姚采纖一擺手，「纖纖，妳姐姐回來了，快去與她說說話。」

姚采纖愣了下，而後便到阿獸以前住過的那間屋子裡，放下了東西才出來。

少了東西的遮擋，顧晚晴才看清她穿著一條鵝黃色縐紗百折裙，上配同色系裡衣與水粉色綢面半臂，腰繫編金絲錦色腰帶，墜著一條明珠絡子，美豔照人。

「姐姐……」姚采纖滿面的笑容，走到門前輕輕福了福。

顧晚晴將她從頭看到腳，突地冷笑一聲，抬手就是一巴掌搧了過去！

「啪」的一聲極為響亮。

姚采纖驚呼一聲退了兩步，水潤的眼中已有眼淚暗藏，不過更多的還是怒意。

顧晚晴也沒什麼好臉色，朝著白氏怒道：「妳就教出個賊來！」姚采纖從頭到腳俱是她的行頭，難得的是人家穿得坦然，一點彆扭的意思都沒有。

姚采纖頓時哭道：「這是大娘同意我穿的……」

顧晚晴心中本就極怒，成心打她，哪裡還聽她的話，追過去又是一巴掌，「誰是妳大娘！妳娘是什麼身分，還要臉不要！」

姚采纖連連驚叫，滿院子的躲。

顧晚晴新仇舊恨一起算，操起葉顧氏常用來打葉昭陽的禿頭掃帚，劈頭蓋臉的就朝姚采纖抽去！

白氏朝前趕了兩步，但終是不敢靠得太近，怕誤傷到自己的肚子。她拉著葉顧氏連連哀求，最後一捂肚子坐到地上，「好疼……」

葉顧氏顧得了這邊顧不了那邊，一邊喊著讓顧晚晴停手，一邊去看白氏。但白氏只是喊疼，聲音大得差點蓋過了姚采纖。

「晚晴，妳快住手啊……」葉顧氏相顧不暇，看白氏的樣子又不像假裝，一時慌了分寸。

顧晚晴便暫時放過姚采纖，拎著掃帚就朝白氏去了，口中喝道：「娘妳讓開！」

顧晚晴在這個家裡從來是說一不二的，葉顧氏聽慣了她的話，一時間還真的向旁邊讓了讓。

失去了屏障的白氏聲音戛然而止，慌亂的向後挪了挪，「妳……妳想幹什麼！」

顧晚晴冷哼，「妳不是疼嗎？疼啊！孩子沒了正好，看妳找誰負責去！」

白氏看看葉顧氏，微一抿唇，突地大哭起來：「妳怎地這麼狠心，這是妳的親弟弟……」

「閉嘴！」

顧晚晴作勢要打，姚采纖急著過來抱住她的胳膊，不顧自己的狼狽模樣，口中急呼：「大娘，姐姐要殺了弟弟……」

「誰是我弟弟！」顧晚晴壓根也沒打算真的動手，只是嚇唬她罷了，「且不說妳肚子裡的孩子是誰的，就算是葉家的血脈，和我又有什麼關係！」

這番話讓白氏呆了呆，連連看向葉顧氏。

葉顧氏撫著額角嘆了一聲，「晚晴是我的義女。」

白氏這下當真怔住了，再看向顧晚晴手中的掃帚時眼中就多了幾分驚恐，抱著肚子急速後退。

還是姚采纖反應得快，狠力將顧晚晴推開，昂著頭道：「原來只是義女！」

白氏這才反應過來，跟著起身怒道：「妳只是葉家的義親，我腹中的卻是葉家的血脈，妳竟敢如此大膽謀害葉家血親……」

「話要想好了再說！」顧晚晴瞇了下眼睛，「又不是葉家的孩子，我謀他幹什麼？怕他和我爭家產嗎！」說到這，她笑了笑，「妳偷偷摸摸的來投奔我娘，不會就是為了這點家產吧？」

白氏一副痛心疾首的模樣，「大姑娘，妳簡直越說越不像話，難不成是欺負我們孤兒寡母沒有依靠嗎？」

「不是最好。」顧晚晴一摔手中的掃帚，「我雖是葉家的義親，但這裡的一切，包括宅子、鋪子，都在我的名下。妳若還想留在這，最好分清楚誰才是這裡的主人，再敢對我娘不敬，看我不扒了妳的皮！」

白氏驚愕至極！

她那神情看在顧晚晴眼中，無非是沒想到葉家竟是一無所有的，從而更堅定了顧晚晴心中她們有問題的印象。

顧晚晴又轉向姚采纖，「妳那些東西，是妳自己搬出來，還是我幫妳搬出來？」

姚采纖忿忿的，看了一眼怔怔的白氏。

她轉身就想進屋去，顧晚晴又叫住她：「我的衣服，脫下來！」

姚采纖咬著下唇站在那裡一動不動。

顧晚晴把臉一沉，伸手把掃帚又撿了起來，衝過去又是一通亂抽，「讓妳偷我東西！」

姚采纖起先只是避著，後來急了也開始還手，不過顧晚晴手裡的掃帚把長，她占不到便宜，只能持續盤踞下風。最後她還是被顧晚晴逼到牆角，無路可走了，這才又現出楚楚可憐的模樣，一邊哭一邊把頭上的簪子拔下來，接著又拔下了手環絡子之物，直到顧晚晴不耐煩的吼了句「衣服！」，她才解下那件半臂，扔在地上。

顧晚晴的怒氣還沒消，哪那麼容易讓她過關，仍是堵著她，手中的掃帚一晃一晃的。姚采纖無奈，只能將衣裙都脫了，只留一身中衣在身上。

「娘！」顧晚晴用掃帚桿挑起那幾件衣服遞到葉顧氏面前，「給我撕了！」

葉顧氏面色略帶蒼白的接過衣服，手卻一直抖著使不上力。顧晚晴見狀，自己上前去拿過衣服，「嘶嘶」幾下便將衣服撕了幾個大口子，這才把衣服一丟，對著姚采纖道：「衣服妳得賠給我！還有我娘給妳的十兩銀子，妳一分不差的給我還回來，否則，我見妳一次打妳一次！」

此時的姚采纖是當真慌了神，要說她在村子裡也是不受欺負的角色，可哪見過這麼剽悍的場面？當下微泣的躲到白氏身邊，不看顧晚晴。

顧晚晴這才火氣稍減，拉著葉顧氏的手毫無避諱的道：「娘，妳是咱們家的女主人！將來就算她們進了門，也不過是一個妾室，怎可讓她們壓在妳的頭上？現在妳對人家客氣，人家非旦不領情，還把妳當軟柿子捏！」

白氏在旁一聽這話，連忙上前哭道：「大姐，我哪有這樣的心思……」

顧晚晴一眼瞪過去，「妳閉嘴！什麼時候有妳說話的分！」喝退了白氏，她才又道：「我們家雖小，但也得立下規矩，省得有人尊卑不分，倒要怪娘妳沒有持好家業。」

葉顧氏低頭想了良久，終是緩緩的點了點頭。她本是堅毅的女子，從前的生活再困苦，也難不倒她，只是她從未想過家裡會發生這樣的事，又傷心又無措，一時間慌了神，也有些自暴自棄，此時有顧晚晴做她的靠山，她也漸漸想明白了。她受委屈不要緊，可不能讓顧晚晴和葉昭陽跟著委屈。白氏有孕，這已是最讓她傷心的結果了，難不成還要因為自己軟弱牽連到孩子身上不成？

看著葉顧氏恢復精神的雙眼，顧晚晴總算放下心來。她抬頭朝姚采織喝道：「還不去收拾東西！」

姚采織咬了咬唇，正待轉身，突然驚叫一聲躲到白氏身後，伸手指著大門的方向。

顧晚晴扭頭去看，正看到一個腦袋從半掩的門外探進來，卻是傅時秋！

「打完了？」傅時秋面上尚有餘驚之色，看著顧晚晴的目光也帶了點小心翼翼。

因為上次幫忙她將東西拿給阿獸，顧晚晴已沒那麼恨傅時秋了，當下把掃帚一丟，與葉顧氏道：「我出去一下。妳有什麼事吩咐她們做就是了。要是有人身子嬌貴流了孩子，就權當她時運不濟，也怪不得誰去！」

這話說得白氏的臉色又是一白。

葉顧氏拍了拍顧晚晴的手，「去吧，別讓王爺等急了。」

顧晚晴倒愣了，葉顧氏雖認得傅時秋，但怎麼知道他封了郡王？

葉顧氏笑了笑，「王爺昨日就派人來找過妳。那個叫欒子的，我見過他。」

顧晚晴點點頭，又目含冷箭的瞪了白氏母女一眼，這才出了門去。

傅時秋此時早已退到石階之下。他看著顧晚晴，露出一個似笑非笑的神情，「我才發現……原來妳對我真的算是很溫柔了。」

顧晚晴知道剛剛自己打人的那一幕多半是全被他看去了，當下也撇撇嘴，不想與他多說這件事。她開門見山的問道：「你找我什麼事？」

「沒什麼……」傅時秋搖了搖扇子，臉上忽然帶了些許的不自在，「葉大娘說妳去山裡了。怎麼？在家傷心還不夠，又跑上山去懷念世子大人？」

第六十二章

【長進】

顧晚晴愣了下，「你怎麼知道我傷心了？」

傅時秋沒看她，轉過身去隨意前行，「難道沒有？那小野人走，妳沒傷心？」

「倒是……傷心了的。」顧晚晴低著頭隨他走了一陣，才又道：「不過我上山不是為了傷心，可能是我娘沒說清楚，我是為了天醫選拔的事，回那邊家裡取點東西，順便看看義父。」

傅時秋沉默了一會，點點頭沒說什麼。

兩個人一下子都沉默下來。

走出老遠後，顧晚晴想到上次的事還沒道謝，便開口：「上次的事多謝你啦。」

「舉手之勞。」雖是謙虛的回答，但他臉上早笑開了，「我還是比姓聶的有利用價值吧？」

顧晚晴白他一眼，看在他上次幫忙的分上，也懶得再和他計較利用不利用的事，「上次咬我的帳，我還沒和你算。」

傅時秋想也沒想就把胳膊伸過來，「妳也咬我一口唄，狠狠的咬。」

顧晚晴送他兩個字：「變態。」上次見面還陰陽怪氣的，這次又這麼熱絡，不是變態是什麼？

傅時秋笑得更開心，「那就這麼說了，我欠妳一口啊。」

顧晚晴沒什麼好氣，「等我回去練練，一口把你胳膊咬下來。」

「嗯……」傅時秋認真的想了想，又換了另一條胳膊伸過來，「那就咬左手，右手我還得留著吃飯呢。」

他那認真又無賴的樣子讓顧晚晴氣得失笑。一笑之後，她心裡原有的那點抑鬱，似乎又消散不少。

「誒，」傅時秋見她笑了，態度更加放鬆，「剛剛那是怎麼回事？妳義父的外室找上門了？」

顧晚晴瞥他一眼，見他好奇寶寶似的，滿臉期待，不由得暗翻白眼，怎麼會有這麼八卦的男人？不過，既然被他看見了，顧晚晴也無意隱瞞，「外室談不上，不過有點麻煩。」

她將事情的經過大致說了一遍，說著說著火氣又上來了。她捏了捏拳頭，「以後那個女人再敢惹我娘，我就打她女兒出氣！見一次打一次！」

傅時秋看著她，誇張的打了個哆嗦，「以後娶妳的人可真有福了，妻猛如虎，後宅安寧。」

顧晚晴卻不同意他的話，「要想後宅安寧，只娶一個不就得了？明明是男人貪得無厭，卻要把家宅不寧的責任歸咎到女人身上，一輩子只和一個女人白頭偕老有這麼難嗎？要是女人也三夫四侍的，你們男人又安寧得了嗎？」

傅時秋咬著唇角似乎有些糾結。他沉默了半天，突然問道：「妳沒那個想法吧？」

顧晚晴以目光相詢。

傅時秋嚥了下口水，「三夫四侍……」

顧晚晴笑噴，而後長長的嘆了口氣，「人一多，感情就分薄了，無法全心對待一個人，自然也就無法得到那個人的全心對待，所以男人娶的女人越多，得到的感情越少。就像我娘，對我義父本是全心全意的，可現在白氏進了門，這種心意便會不復存在，對我義父而言，未必不是一件憾事。」

「妳這麼一說，倒像也有幾分道理。所以皇上女人那麼多，卻不見得對誰是真心的……」傅時秋的目光似乎黯淡了一下，但，只是轉瞬即過。

「幹嘛這副死樣子？」傅時秋突然用扇柄敲了顧晚晴的頭一下，「不就是一個還沒進門的寡婦，也值得妳這麼傷神？」

顧晚晴不說話，她傷神不是為了自己，是心疼葉顧氏。

「妳不是懷疑那個白氏設套算計你義父嗎？」

「也只是懷疑。」顧晚晴低下頭，悶悶的道：「如果是真的……」

「說妳傻妳就流鼻涕。」傅時秋歪頭看著她，閒閒的道：「有些事呢，假的能變真的，同樣，真的也能變假的，就看妳怎麼去處理罷了。」

顧晚晴怔了怔，張了張嘴，想說什麼，可又覺得沒有話說。

傅時秋好笑的盯著她，「能接受就讓她進門，不能接受就想不接受的轍。這種事妳在顧家也沒少遇過吧？幹嘛這麼糾結？」

顧晚晴也說不上為什麼這麼糾結，歸根結柢，大概是因為她從沒與人鬥智鬥勇過，說到「不接受的轍」這種事，她就想，轍在哪呢？她腦子裡沒有啊……

「要不要我幫忙？」傅時秋倒是熱心。

顧晚晴看他的眼神都變了，「你不是才做了郡王嗎？這麼閒？連別人的家事都有時間管？」其實是想看熱鬧兼冒壞水吧？

「別人的閒事我可沒閒心管。」傅時秋又搖著扇子悠閒踱開了，「我不是尋思著，妳還得忙活天醫選拔那事嗎？」

「是啊……」說起這個，顧晚晴有點挫敗，「什麼心情都攪了。」不過說完她馬上指著傅時秋警告道：「我們家的事不准你插手，我自己想轍。」

傅時秋聳聳肩，「那我幫妳另一件事吧。這次選拔不是配藥嗎？妳缺什麼藥我幫妳找，就當我……補償之前咬妳那一口吧。」

「這個……」顧晚晴想了想，「這個可以，給你個機會吧。」時間不多，有人幫忙找藥，肯定是能幫上忙的。

傅時秋笑著點頭，很愉悅的樣子。

「我看你臉色不太好。」顧晚晴從剛才就發現他臉色有些蒼白，本來以為是被她的剽悍嚇的，可都這麼久了……她有那麼大的威力？「心疾又犯了？」

傅時秋的心疾遂得她以異能相醫，平時已不必再像以前那樣以藥為食，但畢竟沒有去根，還是有復發的可能。

「沒事。」傅時秋擺擺手，「妳回去吧。明天我再來，和妳研究研究都缺什麼藥。」

他說完，就伸手召過一直在他們身後緩緩跟進的馬車，又與顧晚晴揮別後離開了。

顧晚晴皺著眉頭尋思了半天……她只說要他幫忙找藥好不好？根本不用他來一起做什麼研究啊！不過現在人也走了，顧晚晴只能隨他。

往家裡走的時候，顧晚晴又想到傅時秋的話，真的假的……假的真的……又想到天醫選拔，這次大長老還會再給她開綠燈嗎？想著想著，忽然有一個念頭隱隱形成。在自家大門前駐足想了良久，顧晚晴這才深吸一口氣，推門進了院子。

院子裡只有葉顧氏一個，她坐在廚房前的矮凳上，心不在焉的挑著菜。顧晚晴一看就怒了，衝到白氏的房門外抬腳便把房門踹了開來！

屋裡白氏與姚采纖正在說話，見狀驚呼一聲。

顧晚晴一進屋裡就操起一個擺件摔了過去，「還不去做飯！等著我娘伺候妳們嗎？」

白氏母女對顧晚晴顯然是有些怕了，連忙站起身。姚采纖臉上的忿然一閃而過，而後低聲低氣的道：「我這就去。」

白氏看樣子是想上前說話的，不過才邁了一步，又退了回去，陪著笑臉說：「我只是帶纖纖回來換衣裳，大姑娘別生氣了。」

看白氏這樣子，顧晚晴倒有點不習慣了，她寧可白氏像最初那樣有恃無恐，她打起來也更舒心一點。

出了白氏的房間，顧晚晴看到姚采纖已接替了葉顧氏手裡的活，這才滿意了些。她朝著站在一旁的葉顧氏招了招手，「娘，妳來。」

葉顧氏到了她身邊，顧晚晴神神秘秘的道：「我有個法子……」

說到這，她看了看低頭挑菜的姚采纖，突然警覺起來，拉著葉顧氏回了房間，又關上房門。而後，顧晚晴貼在門邊上聽外面的動靜。葉顧氏不明其意，正想開口問話，顧晚晴豎起食指在唇邊，「噓」了一聲。

過了一會，顧晚晴彎了彎嘴角，躡手躡腳的退後兩步，與葉顧氏道：「娘，我有個法子來試白氏。」

葉顧氏看了看門外，似有所悟，配合的問道：「什麼法子？」

顧晚晴便道：「我始終懷疑白氏肚子裡的不是爹的骨血，雖然大夫診斷她的身孕只有一個多月，但一個月零一天也是一個多月，一個月零二十天也是一個多月，這中間可就容易做手腳了。按爹的說法，這個孩子應該是在四十天前有的，如果能試到她的孕期超過四十天，那麼這孩子就不會是爹的了！」

葉顧氏錯愕半晌，「這……要如何相試？」

顧晚晴笑笑：「一般的大夫自然診斷不出，不過天醫神針顧家的大長老，妳說他有沒有法子？以前我在顧家的時候就親眼見過大長老替我堂姐診斷，後來我堂姐私下與我說，大長老斷出的日子，正是她與堂姐夫相聚的那幾日，偏差不會超過兩天。」

「竟……這麼神奇……」葉顧氏看著顧晚晴的神情，一時間也拿不準這事是真的，還是故意說給屋外的人聽的。

「當然。沒有真本事，顧家怎麼擔當天下醫者之首的位置？」顧晚晴一邊說，一邊往門側靠了靠，「雖然我現在離開了顧家，但我好歹也是顧家的六小姐，要請大長老出手，一點問題都沒有。只是大長老常年居住在長老閣，不會輕易離開顧家，所以我想月底二叔作壽的時候回去一趟，帶白氏過去給大長老瞧瞧。」

說完，顧晚晴又囑咐道：「不過我今天對她們的態度不好，若是貿然說要帶她出去，她定會起疑，所以……娘，妳這段時間對她好些，等二叔壽辰之時，妳再勸我帶她們一起去見見世面，我再順水推舟的答應下來。」

顧晚晴說著話的時候一直留意著外面的動靜，直到窗外的腳步聲極輕的遠去，她才鬆了口氣。回身，她拉住葉顧氏的手，低聲說：「我是誆她們的。這幾日娘須與我言語間多多配合，如果她們心裡沒鬼，自然不怕與我走一趟，只怕還會高興有人為她們作證；可如果她們不敢去……」

葉顧氏眼中瞬間亮了一下，不過，總是不敢抱太大希望，「她們若是敢去……」

葉顧氏的聲音中雖然不再有放棄的疲憊，可傷心總還是有的。

顧晚晴垂下眼簾，沒有回答。她做此舉動，只是印證自己的想法。如果白氏有鬼那是最好，她對付她們來也少了層憂慮，可如果白氏肚子裡的血脈真的是葉明常的……那不僅會大大降低葉明常在她心中的地位，連帶著也會削減她對這個家的歸屬感。

看顧晚晴沉默不語，葉顧氏慈愛的撫了撫她的髮絲，「難為妳，要妳為這種事費心。」

「幹嘛對我說這種話？」顧晚晴挽上葉顧氏的手，「我認定了妳是我娘，我一定要保護妳。」

葉顧氏的眼睛一下子就紅了，她略側過頭去，低聲說：「妳真的長大了，也有能力顧全這個家了。」

顧晚晴想了想，輕笑。能力嘛……還差得遠，不過，長進或許是有一點的。

到這裡這麼久，她可以笑對自己的榮辱，但要葉顧氏受委屈，就是不行！

第六十三章

【心計】

顧晚晴從葉顧氏的屋子出來的時候，正見到姚采纖也從白氏的房間出來。見了顧晚晴，姚采纖立時低下頭去，躲躲閃閃的回廚房去做飯。顧晚晴也不再理她們，自顧回房去研究那些試驗筆記，直到葉昭陽回來。

葉昭陽這兩天無疑是受了氣的，回到家誰也不理，連葉顧氏也不多看一眼，直接就回了屋。顧晚晴琢磨著，他肯定是在對待白氏母女的問題上被葉顧氏打壓了，才有這麼消極的表現，於是回屋取了樣東西拿著，到葉昭陽屋前敲了敲門。

葉昭陽對顧晚晴也是愛理不理的，開了門就扭身回去了，坐在桌前看書。說是看書，他的眼睛卻一刻也沒停在書上，小嘴也抿得緊緊的，極為忿然的模樣。

顧晚晴就把手裡的東西往桌上一丟，「拿著。」

一條小馬鞭落在桌上。

葉昭陽愣了愣，不解的抬著看著她，「幹什麼？」

「家法。」顧晚晴指了指外頭，「妖孽進門，趕不走，就往死裡打壓。」

葉昭陽的眼睛一亮，可隨即又黯淡下去。他撇了撇嘴說：「也不知道娘怎麼想的，居然偏袒她

們，還讓她們住下。」

「那是你無理取鬧。」顧晚晴坐到桌前翻他剛剛看的《百草經》，「你也不能沒事就打她們一頓啊，總得找出點事，比如做的飯難吃，衣服沒洗乾淨，夜桶沒及時倒……」

葉昭陽興致大起，挪到顧晚晴身邊來，「都能讓她們做？」

「當然。」顧晚晴理直氣壯的，「我們家又不是什麼高門大戶，沒有丫鬟侍候，送上門個身分不明的，不正好當奴才使嗎？再說了，就算將來她做了妾，妾是什麼？打死了都不用吃官司！」

顧晚晴是被這對母女氣極了，這是哪？是她家！趕著來這作威作福？不折騰死她們，她就辜負了「京城惡女」這麼威風的名頭！

「打死我可不敢。」葉昭陽想了想，又洩氣了，「那女人還懷著孕呢，要是出了事情，娘不會饒了我的。」

顧晚晴翻了個白眼，「你當初整我的精神頭都哪去了？誰讓你動懷著的那個了？不是還有個沒懷的嗎？」

「妳是說……」葉昭陽登時笑了，「這主意好，那個什麼纖一看就不是好東西，才來一天就管娘要銀子給她娘買東西，我把那銀子搶過來，她就裝哭，害得娘把我打了一頓，她倒好，轉臉就拿銀子買東西去了。」說完他又向顧晚晴身邊移了移，「我本來要去找爹算帳，娘死活不讓我去，我就等著妳回來，咱們一起想主意呢！」

顧晚晴呸他一聲，「剛才還不理我呢。」

「我還以為妳和娘是一夥的……」葉昭陽摸摸頭傻笑了聲，又拎起鞭子試了試，「真給勁！」

「鞭子還是你幫我買的呢。」就是上次大鬧拾草堂時葉昭陽買給她的。顧晚晴接過鞭子，自己也甩了甩，「以後要是有人在家裡作怪，就抽她！」

葉昭陽嚴肅的點頭，「抽她家丫頭！」

到了晚飯之時，顧晚晴與葉昭陽去了客廳，便見葉顧氏坐於桌旁，桌上擺了四個素菜。白氏與姚采織都比較識相，側立在一旁。

顧晚晴只當沒看見她們，與葉顧氏打過招呼後便坐下開始吃飯。

說實在的，四個菜式，還都不錯，難得的是家裡只有白菜、馬鈴薯、香菇、豆腐這樣的尋常材

料，卻也搭配出不同的菜式，一道馬鈴薯絲炒香菇絲、一道辣油香菇涼拌油豆腐、一道東坡豆腐，還有一道蒸菜，外頭裹著白菜葉子，裡面不知是什麼餡料。

許是顧晚晴不經意流露出的神情讓白氏看出了什麼，白氏上前指著最後一道菜笑道：「這是清蒸白玉佛手，裡面釀的豆腐馬鈴薯榨菜末，大姑娘嚐嚐。」

顧晚晴嚐了一口，味道當真不錯，平時他們在家就算用心做，也想不出這麼多花樣。顧晚晴廚藝平平，葉顧氏缺乏創造力，最多就是兩樣菜合起來炒一炒，哪像這頓，又炒又蒸的，那涼拌油豆腐，還有炸的手藝在裡面。

白氏笑著說：「纖纖的手藝還不到家，讓大姑娘笑話了。」

不得不說，這對母女還是有她們的優點的，只說這做飯，姚采纖的廚藝自然來自於白氏的傳授。姚采纖都能做得這麼出色，白氏的手藝可想而知，難怪吃慣了單一菜式的葉明常會臨陣變節，默許白氏去為他做飯。

葉顧氏在一旁默默吃著飯。吃著吃著，她便放下了碗筷。

不難猜到她想到了什麼，顧晚晴正想說說話轉移話題，葉昭陽把碗一推，「難吃死了！」說完轉身就跑出了客廳。

顧晚晴看看葉昭陽的碗，飯都吃了一大半了，想來是他吃這飯菜也吃得順口，但過不了心裡那關……剛想到這，葉昭陽又跑回來了，雙手捧著那條鞭子，嚴肅的走到葉顧氏供著的佛龕前，把鞭子放下。

葉顧氏奇道：「你做什麼？」

葉昭陽繼續回來吃飯，不緊不慢的說了句：「家法。」

葉顧氏眉頭剛皺，葉昭陽馬上指著顧晚晴，「我姐說的！」

葉顧氏便不再說什麼了。白氏和姚采纖的臉色則白了白，看起來有點難看。

「妳們也坐下吃吧。」葉顧氏指了指對面的位置，示意白氏母女坐下。

姚采纖沒有抬頭。白氏卻看了看顧晚晴，見顧晚晴沒有反對，這才同姚采纖一起坐下吃飯。

看著她們謹小慎微的樣子，顧晚晴真心覺得自己……還真像灰姑娘裡的惡毒大姐！

用罷晚飯後，顧晚晴任姚采纖收拾碗筷，自己與葉顧氏閒聊。提起明天去找葉明常回來，葉顧氏低嘆一聲，點了點頭。

第二天一早，顧晚晴就出門去僱人送信，若是以往，她肯定自己回去了，或者讓葉昭陽回去，可現在她寧可僱人，也不想耽誤自己研究筆記的時間，或者耽誤葉昭陽的課程。

不想才一出門，就遇到了剛下馬車的傅時秋。聽顧晚晴說明去意後，傅時秋便打發樂子去千雲山了，他自己則跟著顧晚晴進了院子。

葉顧氏在房中聽到他們說話，連忙整裝出來，跪倒在地，「民婦拜見王爺。」

白氏與姚采纖也立時出來，跟著葉顧氏一起跪倒。

「起來吧。」傅時秋一雙長眸彎成兩道淺弧，「我還沒習慣這個身分呢，妳們還像以前那麼待我就行。」

顧晚晴先是瞪了傅時秋一眼，而後過去將葉顧氏扶起來，一指自己的房間，朝傅時秋道：「進去吧，別在這逞威風了。」

傅時秋便朝葉顧氏點了點頭，又仔細看了看白氏和姚采纖，這才進屋了。

顧晚晴則又向葉顧氏交代道：「是比賽那事，他來看看我缺不缺什麼藥。」

葉顧氏點點頭，「王爺中午可在這用飯？」

「不用。」顧晚晴一擺手，「一會我就把他送走。」

說完，顧晚晴去葉昭陽的房間取了不少紙墨，這才回了房間，也不關門，以示避嫌。

「你這麼閒，不如幫我抄抄書？」那些筆記裡的字跡十分雜亂，不知道是不是傳說中的草書，對書法研究尚淺的她能看懂的有限，早尋思著找誰來給她認認。

「妳倒物盡其用。」傅時秋雖說得不情願，人卻已站到桌邊，挽起袖子準備開動了。

顧晚晴便搬了一疊筆記放到他旁邊，「快抄，我等著看。」還好筆記是有編號的，也方便整理。

傅時秋誇張的嘆了口氣，拿過一本先看了看，而後提筆疾書！

他書寫的速度很快，卻並不潦草，字跡瀟灑狂放，自成一派。顧晚晴看著看著就十分佩服，瞅瞅人家，個個字都一般大……

只是，雖然傅時秋書寫的速度不慢，卻也足足過了一個半時辰，一本筆記才算抄完。顧晚晴看著旁邊不下三十本的筆記，頭大了……

「別發愁啊。」傅時秋轉轉手腕，「我晚上把這些書帶回去，多找幾個人幫妳抄不就得了。」

「倒也不必太麻煩。」顧晚晴翻看著傅時秋剛剛抄好的那一本，「這裡面的資料已經很多了，對我這種初學者來說，夠用了……」

說著話，門邊傳來一陣敲門聲。因為房門並未關上，顧晚晴稍一探頭，便見姚采纖端著兩碟點心，低頭站在門外。

這麼識相？別有目的吧！

不是顧晚晴不善良，而是因為白氏母女給她的印象太差，姚采纖更是拿妳錢還嫌妳錢少的姑娘，讓她如何不懷疑！

「進來。」她也想看看姚采纖有什麼招術可使。

豈料，姚氏姑娘進了屋連頭都沒抬，把點心碟子放到桌上便退下去了。

「想什麼呢？」傅時秋拈起一塊蒸蛋糕放進嘴裡，輕一揚眉，「不錯，妳這繼妹手藝可以啊。」說著又在另一個小碟裡拿了鹽焗核桃扔進口中，又是點點頭。

顧晚晴撇撇嘴，低頭專心看她的書，腦子裡卻時不時的想……看來對於一個女人來說，廚藝當真加分啊，自己要不要也學學呢……
不過這想法目前僅限於想想而已，她每天看醫書都忙不過來了，等天醫選拔之後她再拜了師，就更沒時間去研究別的了。
過了一會，傅時秋踱到顧晚晴面前，在她抬頭看他的時候，說道：「妳慢慢看，我去方便一下。」
顧晚晴沒理他，任他去了。
沒一會，傅時秋回來，手裡不知端著一碗什麼東西在喝，見顧晚晴看他，他笑嘻嘻的一舉碗，「核桃露，剛放涼的，妳也嚐嚐？」
「花樣還不少。」顧晚晴嘀咕了一句，繼續將注意力鎖定到她挑選出的方子上，這味毒劑的配料相對常見，中毒後顯示的症狀也多變，缺點是毒性不大，並可以多喝水這類的途徑迅速緩解，如果她的對手碰到這類毒劑，成功解毒的機會也很大。
隨後傅時秋重整精神，又抄了一本筆記出來。此時顧晚晴也整理出幾個方子，都是毒性一般的。筆記中倒也有毒性厲害的，只是能毒死人的毒藥並不是此次選拔的重點，否則參賽者都弄點巨毒過來，還沒等對手弄明白呢家畜就都毒死了，還解什麼毒！

不知不覺，時間已到了中午，葉顧氏過來喊他們出去吃飯，顧晚晴才意識到已經這麼晚了。

「你直接回去吧。」顧晚晴不想他留下讓葉顧氏不自在，「下午我看看這兩本筆記，不用你幫忙了。」

傅時秋無語，「磨還沒卸呢就把驢趕走了，小心找不回來！」

顧晚晴失笑，就他這沒正經的樣，還當王爺呢！「不回來我再去找別人，只有你這一頭驢嗎？」

傅時秋動了動嘴，似乎想說什麼，不過又沒說，神情也變得訕訕的，「也對，妳這磨上拴的可不只我一個。」

聽他這話的意思似乎有點變味，顧晚晴的臉色一下子就沉了下來。在她起身就要趕人之際，傅時秋雙手舉起低著頭說：「好好好，我說錯話了，別這麼嚴肅。就當我犯賤還不行嘛？明天繼續來供妳驅使。」

「喂。」顧晚晴嘆了口氣，在傅時秋要出門的時候叫住他，「你別那麼陰陽怪氣的，我就舒服了。」

傅時秋沒動彈，也沒說話。

顧晚晴又坐回去，「你過來，我給你把把脈。」

傅時秋錯愕的回頭。顧晚晴道：「你今天的臉色還是那麼差，不會是幫我抄書累的吧？」

「不是……」傅時秋一下子就笑開了，竄回來坐到顧晚晴對面伸出手腕，「妳又記起怎麼把脈了？」

「沒有。」顧晚晴把指尖按到他的腕上，「用你做做試驗，看看自己有沒有長進。」

把脈嘛，對現在的她來說還是太難了，不過傅時秋這兩天的臉色的確不好，他之前又曾派人來找她，昨晚葉顧氏還說，傅樂子頭一回來的時候很著急，說是要請她去悅郡王府，無緣無故這麼急，不是病情復發了又是什麼？

裝模作樣了一番後，顧晚晴拿出從醫廬中帶回的那包銀針。這包銀針她用酒擦拭過，已然光澤如新。她走到傅時秋身後，在他後背正對著心臟的位置，以銀針隔著衣服刺了他一下，藉由這個動作覆上手去，默默運轉能力。她現在已能比較自如的控制自己的能力了，手心極緩的發熱，不會讓傅時秋察覺到什麼。

不消片刻，顧晚晴縮回手去，到水盆邊洗了洗手，而後便送傅時秋出去。

「應該沒什麼事。不過你畢竟不是好人，平時脾氣情緒什麼的，還是要控制，我可不信你無緣無故的又會發病。」

傅時秋撇了撇嘴，反駁了一句：「什麼叫不是好人？我對妳不好嗎？」

顧晚晴沒有答他，一路將他送到門外。

臨走前，傅時秋看了眼跪在院子裡與葉顧氏正在整理曬乾的菜的姚采纖，略壓低了些聲音：「我說妳……是真沒察覺？」

「什麼？」

傅時秋相當無語。最後他用扇子柄敲了她的腦袋一下，「回去好好想想吧，妳這繼妹是個有心計的，就妳這腦袋……還教訓人呢！」

難道剛剛發生了什麼？顧晚晴狐疑的看了一眼姚采纖，一個上午她就出現那麼一次，還是沒抬頭沒說話就退出去了，這都能有心計？

第六十四章

【意外】

在顧晚晴想不明白的當口，葉顧氏從地上站了起來，便拉著她去吃飯。

顧晚晴之前在房間裡看書，不覺得餓，現在又過了飯時，也不想吃了，便回房間繼續整理毒劑方子。

從已經整理出的幾個方子裡，顧晚晴最終選擇了一種名為「逍遙丸」的毒劑。這名字看著挺厲害，可中毒的症狀只是熟睡不醒。據筆記所載，如果用量過大，就算就涼水潑、用針扎，都不會減輕毒性。天知道梅花先生研究這麼另類的毒要用來幹嘛，難不成是想把哪家姑娘迷暈了然後再……咳咳！

顧晚晴選擇這個毒方，一是因為它看似沒什麼痛苦，她可不想餵那些家畜吃下毒丸後，還得看牠們口鼻竄血之類的畫面；二來嘛，它也不常見，可以給對手造成不小的麻煩。

最要緊的，這毒方的解毒方法說來也十分簡單，只需要蘿蔔皮和甘草以陳皮濃汁熬兩個時辰服下即可。而這方劑中最重要的一環，是要以燈心草為藥引煎水服之，如無燈心草為引，就算再吃多少解毒劑也不會有太大的效果。

顧晚晴從《本草經》中讀到過燈心草，知道它的主要功效是清熱安神，利水通淋，安心經，所以也有用來治療失眠的功效。治嗜睡病反而要用促進睡眠的藥物為引，顧晚晴覺得，這一點就很難讓人預料得到。

「逍遙丸」的配製不算難，藥材也都不難找，解藥更是常見，對於缺乏時間的顧晚晴來說，無非是個非常好的選擇。她現在擔心的是解毒丸的配製，因為不知道對手會出什麼毒來應戰，解毒劑便需要多備一些。

顧晚晴從筆記中看到了不少毒劑和解毒劑的製作方法，不過梅花先生也不知道是出於什麼目的研究那些毒劑，都十分偏門，有讓人牙疼的，有讓人手指麻痺的，最扯的是，還有一種毒劑是可以毒瞎人家一隻眼睛的。顧晚晴覺得此款毒劑的研究肯定十分艱辛，但有什麼用啊？你毒瞎一隻，人家還有一隻啊！

基於這些毒劑的偏門性，顧晚晴就不太可能從中選擇解毒丸來製作，她需要的是一款能對付大多數中毒病狀，比如說頭暈噁心、四肢無力的這種，不要獨眼龍毒那麼偏門的。

所以說，還是得從常規醫書中找吧？平常的解毒丸倒也多的是，只是不曉得在天醫選拔這類級別的賽事中能不能過關。

顧晚晴想著想著，就想到了阿獸拿來治葉明常的那幾瓶解毒丸，還有後來她在醫廬發現的，一共五瓶，雖然不知名堂，但無疑都是上好的解毒靈藥。

顧晚晴馬上去櫃中將那幾個小玉瓶拿出來，這幾個玉瓶從外觀上看沒有什麼差別，藥丸的形狀也都差不多，只能從藥丸的顏色上來分辨，分別為白、青、綠、粉、黃，其中白色最多，有七丸，其他的各有兩丸。

「不知道筆記中有沒有這些藥丸的製法。」顧晚晴隨手翻了幾本筆記，可沒有傅時秋的翻錄，那些筆記上的字都像鬼畫符一樣，辨識度很低。

「早知道就讓他把書拿回去找人抄錄了。」顧晚晴嘀咕一聲放下那些書，準備等明天傅時秋再來的時候就接受他的建議。

看書看了這麼久，顧晚晴這才覺得有點餓了。她看了看天色，才是下午，便打消了出去吃飯的主意。看著桌上還剩了些點心，她便順手拿來吃了。

還真別說，那幾塊蒸蛋糕嫩滑可口，還沒入口便覺一股濃郁的蛋香，顧晚晴把剩下的那兩塊都吃了，還有點意猶未盡之意，就把旁邊的鹽焗核桃也抓來吃了。

不過這鹽焗核桃卻是有點鹹了，吃的時候感覺鹹香上口，沒一會就渴得受不了了。顧晚晴倒了杯白水喝了，突然肚子又覺得有些不對勁，不過那感覺隱隱約約的，似有若無的，很微妙。

顧晚晴想著可能是那一杯涼水喝壞了，可去了廁所，那感覺又沒了，只覺得口乾。她揉著肚子回到院中的時候，正見到葉顧氏從廚房出來。她隨口問了句：「核桃露還有嗎？」

葉顧氏一搖頭，見她按著肚子，忙問道：「怎麼啦？肚子疼？妳想喝我做給妳喝。」說著她轉向就進了廚房。

顧晚晴也跟進去，想看看這核桃露是怎麼做的。她原以為核桃磨一磨，加水熬就行了，誰知光砸核桃和剝核桃衣就用了一刻鐘的時間，而後將核桃仁放到手轉小磨上磨，又用紗布濾了一遍，然後才是熬，熬又熬了一刻鐘，最後以糖調味，一碗熱騰騰的核桃露才算做好。

顧晚晴突然一愣，腦子裡靈光一動，又看著那碗冒著熱氣的核桃露，濃香撲鼻，不由深吸了一口氣，「娘的手藝真好。」

葉顧氏笑了笑，「這東西有什麼難的？只是做起來費時，我這些年忙活家裡的事，好久都沒做過了。」

葉顧氏的神情微有感慨。

顧晚晴又想起白氏那一手好廚藝，心裡跟著也嘆了一聲。不過馬上她就皺了皺眉，原來……是這麼回事嗎？

核桃露做起來如此費時，為什麼傅時秋出去轉了一圈就能適時的喝到已經晾涼的核桃露？晾涼也需要一個過程，那就說明，核桃露是早就做好的，專等著傅時秋出去的時候盛給他喝的。那麼，傅時秋有什麼理由一定要出去呢……

顧晚晴又揉了揉肚子，好像他那時出去也是說要去方便的……

這可真是……人家那腦子是怎麼長的呢！知道在屋裡沒有表現的機會，就想辦法讓人出來，不知加了什麼作料的蒸蛋糕和吃完讓人口乾的鹽焗核桃，最後配上一碗香濃可口的核桃露，嘖嘖！

其實這事說起來也挺簡單，但顧晚晴可是真真的佩服了，越發覺得自己的 CPU 嚴重落後，升級！必須升！

不過這種事情……顧晚晴也沒打算找姚采纖算帳，她還覺得，如果姚采纖母女就此發現了比攀上葉明常更光明的康莊大道從而放棄了葉家，那倒也未嘗不是一件好事……

當然，這事她只是在心裡想想，她怕她說出來，哪怕只透露個一言半語，傅時秋都會嚇得再不登門，臨走前再順便把她揍成豬頭！

喝完了愛心香濃核桃露，顧晚晴又回屋看書去了，直到晚上葉明常回來。

以往葉明常回來都會受到家人的熱列歡迎，還會加菜以示慶賀，今天這慶賀的氣氛已經淡到可以忽略不計了，菜式是新的，但除了白氏與姚采織，其他人都是一副冷臉。

葉明常不知是出於愧疚還是什麼，整頓飯也沒怎麼說話，眉頭也一直深鎖。現在白氏有孕在身，除非他想養外室，不然他原來那處理法子已經沒用了。

葉顧氏有意提起這個月沒有什麼吉日，等下個月再挑個吉日讓白氏進門。

這自然是與顧晚晴商量好的。

顧晚晴也乘機說了月底要回顧家的事，讓葉顧氏一起去。

葉顧氏答應下來，但並未提要讓白氏同行。這也是策略之一。

顧晚晴特別留意到，自己提到回顧家時白氏的臉色絲毫未變，還是保持著完美的笑容，如果她真知道了自己的「計畫」，那麼現下的表現足可以證明她心裡無鬼。

可顧晚晴不這麼想。

幾天的觀察下來，她對白氏這個人也有了些許的瞭解，用俗話說，就是白氏很善交際，屬於沒話也能跟你聊得火熱的那種人，這種時候，她竟然一點都不好奇，也沒什麼話說，難道不奇怪嗎？如果白氏心裡有鬼，會怎樣應付這次試探？

想到她們母女那比自己要高級的CPU，顧晚晴深深的好奇了。

要不要找四核心CPU幫自己點點迷津呢？顧晚晴想了想，決定還是再觀察一段時間，確認自己升級失敗後，再找一肚子壞水的傅時秋幫忙。

當天晚上，葉明常住到了外進院去，對此，葉顧氏沒說什麼。顧晚晴倒又憂慮了，看來這件事無論真假，都已經在葉氏夫婦之間造成了難以彌合的間隙。

往後幾日，葉明常每天早出晚歸，不知他在忙什麼。

葉顧氏對白氏關照有加，有時候顧晚晴找碴她還會出面制止。白氏對葉顧氏更加熱情，一口一個大姐叫著，規矩又足，從不逾越。

姚采織則很低調，至少在顧晚晴面前表現得十分低調，在外嘛……就難說了，因為顧晚晴發現傅時秋後來就不怎麼吃姚采織送來的東西了，估計是怕上廁所。

在傅時秋的幫忙下，顧晚晴終於看完了那套試驗筆記，失望的是筆記中並無那些五色藥丸的製作方法，不過倒是有另外兩種解毒丸的製法，顧晚晴決定都做，一個名為「紫金錠」，一個名為「三因丸」，都是解毒面比較廣的解毒丸，適合比賽使用。

這幾天，傅時秋算是幫了不少的忙，尤其是收集藥材方面，顧晚晴簡直是分文未付就得到了所有材料，也成功的製出了相應的毒丸和解毒丸。

不過，在顧晚晴幾次道謝之後，傅時秋似乎有點膨脹，每次來都得顧晚晴出去接他，他才肯下車，還伸手出來非得顧晚晴扶，弄得顧晚晴都不怎麼想理他了。

大賽前一天，顧晚晴要陪葉顧氏去上香，沒事先和傅時秋說，任他撲空。對此，傅時秋有什麼想法她不知道，不過回來的時候她看見姚采織一副心不在焉的模樣，還時不時的竊笑，顯然是有了收穫的。

轉過天來，便是天醫選拔的複賽。
這天早上顧晚晴就收到了大長老送來的幾瓶藥丸，哪瓶是毒丸、哪瓶是解毒丸標得清清楚楚。不過，顧晚晴對自己這次晉級有點信心，所以她並不想走大長老的後門。但是為了保險起見，她還是帶上所有藥丸，雄糾糾的出發了。
到了天濟醫廬，顧晚晴便見顧明珠在門前等她。
與顧晚晴一同進了醫廬後，顧明珠才略帶歉意的道：「這段時間幾次約妹妹相聚，妹妹都沒來，我便知道妹妹是在生我和二伯的氣。」
顧晚晴笑笑，沒說什麼。前段時間顧明珠的確找過她，不過那時她正處於低潮期，沒什麼心情應付，就推了。
「有一件事……妹妹或許還不知道吧？」顧明珠拉住顧晚晴的手停下腳步，「因為我顧家尋回世子有功，王爺臨行前……許了咱們幾個願望，二伯做主幫我把親事退了。」
顧晚晴愣了愣。顧明珠的親事是老太太臨終前定的，許鎮北王府的二公子為妾，當時她還覺得有點對不起顧明珠，沒想到，她退婚的事還沒著落，顧明珠的親事已經退了。

那是不是說……顧明珠和聶清遠之間的障礙，就只剩下她了？

想到退婚的事，顧晚晴也有點頭大，現在不比以前了，以前好歹還能入入宮，現在？不過現在她和傅時秋和解了，從他下手，退婚那事估計還是有門的。

「二伯還向王爺幫妹妹請了功，只是王爺急於出京，沒來得及召見妹妹，待下次王爺和世子回京，定會滿足妹妹的要求。」

這些話在顧晚晴聽來都沒什麼營養。為她請功？那怎麼還防她像防賊似的？她的要求？她想讓阿獸還是她的獸獸，行不行？

心不在焉的進了賽場，顧晚晴先是到登記處領了號碼牌，是最後一號。

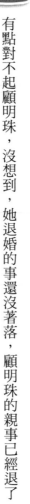

今天共有五十人參加，分組的方法就是隨機抽取號碼牌。最後，顧晚晴並未碰到顧家子弟，而是與一個從北域來的外疆人對戰。

對方是個三十來歲的陰鬱男人，看他額上綁著麻繩、敞著衣裳、穿著露腿裙裝的異域造型，顧晚晴頓時有點後悔，早知道還是做那些稀奇古怪的解藥了，這人看起來就像喜歡把人弄成獨眼龍似的。

很快分組完畢，根據規則，每個參賽選手都能領到一隻一百斤左右的成年山羊，選手要先檢查山羊的狀態，確認身體狀態無誤後餵之自己的毒丸，再將山羊交給對方解毒。同時比賽也規定，吃了毒劑的山羊如在一個時辰內死亡，算對方勝。

過了一陣子，一大群山羊被人趕了過來。顧晚晴只聽得賽場中的羊叫聲此起彼落，輪到她上前領羊的時候，滿場的山羊已經在大合唱了。

因為號碼的緣故，顧晚晴領到的是最後一隻。這隻山羊的狀態……看起來不錯，隱約又有點亢奮似的。顧晚晴拉著牠走了沒幾步，牠就亢奮倒地的動也不動了。

旁邊分羊的那個人還挺無奈的說：「不是現在下毒啊……」

「我沒啊……」顧晚晴大呼冤枉。

主席臺那邊的大長老見狀皺了皺眉，命人再去牽備用羊出來。

過了好久，不想，牽羊那人一臉驚詫的回來，回稟道：「備用的二十隻羊……全都中毒死了！」

第六十五章

【算計】

得了通報後的大長老皺了皺眉。

旁邊，另一個長老起身怒問：「中毒？怎會如此？可查明了原因？」

「應該是飼料中有毒，已派人去驗了。」

主席臺那邊頓時一片寂靜。天醫選拔是顧家的一樁大事，現在進入複賽階段，竟然出了這樣的岔子。這是意外？還是有人故意針對顧家？若是有人存心算計，怕只怕此次死的是羊，下次死的就會是人了。

相比於長老們的憂慮，顧晚晴想的卻是另一回事。如果今天只是死了羊，或許她不會有過多的想法，但現在想來，又有另一件事透著古怪，兩者結合，她就從眾多參選者中脫穎而出，成了頭號被害人。

大概是因為前幾天受了姚采纖的刺激，顧晚晴現在尋思事情都盡量多想一點，以儘快提升自己的 CPU 運轉速度。

今天這事，其實從她分到號碼牌時就透著點古怪，只是她那時沒有察覺。

一般來說，顧氏子弟的號碼都是靠前的，這麼多場比賽無一例外。今天其他顧氏子弟依然領了靠前的號碼，比如顧明珠，就是第五號，顧長生則是第一號，只有她，第五十號……

而恰恰是分給她的第五十隻羊死了，備用的羊也死了，其他人的羊卻安然無恙，難道不奇怪？如果是有人存心搗亂，何不一舉毒死所有的羊，讓比賽無法進行不是更好？若要說這些羊分批餵養，剛好有二十一隻羊中了毒，那為什麼她就這麼倒楣，不只拿到了意外的號碼，還分到了一隻混在正常羊群中吃了毒藥的衰羊？

「再去找隻羊來，別耽誤了比賽進程。」有管事者向旁吩咐。

「慢著。」坐在大長老身側的一位青袍長老開口道：「這些牲畜都是為這次比賽提前備下的，不僅重量、大小、年齡相當，近一個月來的飲食也全都一樣，這樣才可顯現此次比賽的公平性，如果隨便找一些牲畜來，會有很多因素影響比賽結果，對大家都不公平。」

一時間，大家的目光都集中到了那個長老身上。可那長老說完後便閉目而坐，再不開口了。

「這話倒也不是沒有道理。」大長老緩緩開口，將眾人的注意力吸引過去，「既然如此，為公平起見，此次複賽暫停，五日後重比，可好？」

此言一出，場內登時議論紛紛。其他長老相互對視後，也都微微點頭。

顧晚晴訕訕的抿了抿唇，重比……也就是說，她多想了是嗎？根本沒人針對她啊……

正當這時，場地另一頭傳出一道聲音：「在下有一提議，不知大長老可否參考一二？」

顧晚晴轉身看去。出列那人清麗雋秀，但面無表情，帶了些許木然之意，卻是顧長生。

大長老抬眼看了顧長生一眼，並沒有說話，似乎在考慮著什麼。

這時，之前說話的那位長老睜開眼睛道：「有何建議，說來一聽。」

顧長生便上前幾步，走到主席臺前，緩慢而清晰的說：「此次選拔對我顧家而言極為重要，對各位選拔者也是一次莫大的挑戰，豈可因一次意外而就此中止？我原想建議其他組別的比賽照常進行，最後一組則押期重比，可又擔心有人覺得不公，便又有了第二個提議。」

大長老靜靜的聽著，仍是一言不發，面色也有些陰沉。

旁邊那長老道：「說說吧。」

「不如我與第三十七號選拔者互換，與第五十號對戰。我與五十號俱是顧家子弟，總會淘汰一個，這樣其他選拔者便不必擔心偏袒問題，可以安心比賽了。」

顧長生所說的第三十七號就是顧晚晴的異域對手，他想和三十七號換，然後對戰顧晚晴！

有那麼一瞬間，顧晚晴又陰謀論了。就算換人，也還是缺了一隻羊啊！難道顧長生決定以身試法，代替那隻羊？

長老團中也有人提出了顧晚晴所想到的這個問題。

顧長生沒有言語，逕自走到顧晚晴分到的那隻倒地衰羊旁看了看，起身道：「這羊還活著，只是中了毒，我便以這隻羊參賽，不知可有人有異議？」

這麼一來，原本還有些不服的人也不吭聲了。

這次比賽比的是解毒，不僅要解開對手的毒，更要會解自己下的毒。這原本不是什麼難題，畢竟毒是自己配的，什麼藥可解自己也自然清楚，可顧長生以這隻毒羊參賽，便是與顧晚晴一樣對這毒一無所知，在解毒方面沒有占到絲毫便宜，如果屆時他拿不出合適的解毒方案，扣分是可想而知的，更有甚者，這隻羊如果在規定時間內毒發死亡，那可是全算在顧長生頭上的，扣分！扣分！扣分！

對於這個提議，顧長生原來的對手二十一號格外開心，連聲贊同。連續幾輪比賽下來，顧長生都是獨占鰲頭，從無一次例外，現在已是淘汰關鍵，誰遇上他，就相當貼上了失敗的標籤。二十一號本已認命了，可沒想到事情又見轉機，雖然造型古怪的三十七號看起來也不太好惹，但總比顧長生要好得多了！

三十七號也沒什麼意見。在他的認知中，女人就應該在家生孩子，怎麼能搶男人的事做？讓他對戰顧晚晴他本來就挺不爽的，認為自己欺負女人了，現在換人，倒正合他意。

於是，三十七號爽爽快快的牽著羊過去和喜極而泣的二十一號會合了。

顧長生也來到了顧晚晴面前，木然的一眼掃視她，「我不會留手的。」

顧晚晴很糾結啊！不知道大長老開的後門能不能搞定顧長生？想來是不能的，因為前幾次雖有大長老開後門，可她的成績算中上，並不拔尖。

而這次的比賽要從解毒的時間和效果等方面決定晉級人選，就算她的解毒丸能成功解毒，在時間上她也沒有必勝的把握，尤其對手是顧長生，不管做什麼，他都是出了名的快。

難道她就要止步於此了？

顧晚晴雖然對選天醫沒報什麼希望，但真到了這一天，還是有點遺憾。

思來想去，顧晚晴最後決定放棄大長老的後門，用自己製出的解毒丸來參賽。不管怎麼說，就算是失敗，她也應該讓自己的心血見見天日。

詢問過其他選手，大家一致對這個結果表示通過後，便有專人上前查看那隻衰羊。記錄了牠的情況後，牠就作為顧長生的輔助選手，被抬上了顧晚晴面前的診治臺。

一聲哨音過後，顧晚晴先是將自己的毒丸化在水中給顧長生換給她的羊喝了。待那羊不支倒地後，就有長老團的人上前先行診斷。記錄過後，那隻羊便抬到顧長生那邊的診治臺。

值得一提的是，負責他們這組的記錄長老特地多看了顧晚晴一眼，又看了看那隻顧晚晴投毒的羊，神情漸漸凝重，讓顧晚晴心裡好生沒底。難道她的羊就快死了？

懷著忐忑的心情，顧晚晴也回到了自己的診治臺前，查看那隻衰羊的情況。

說實在的，顧晚晴背下的那些記錄至今為止都是紙上談兵，從來沒有碰著過實例，如果這隻衰羊連拉帶吐又噴血什麼的，她倒好推託，可偏偏這隻衰羊什麼症狀都沒有，就是躺在那，看似很安詳。

很像在睡覺啊……顧晚晴瞄了瞄顧長生那頭，見他正在翻看羊的眼睛，於是她也壯著膽子翻了翻衰羊的眼睛；再看顧長生，又在探羊腹，她也有樣學樣，按了按衰羊的肚子，越發覺得……這症狀怎麼這麼像中了長睡不起的「逍遙丸」？

整個賽場之中，大概只有顧晚晴及顧長生他們這一組是無聲作業的，其他組都忙得很，除了有拉肚子的羊、嘔吐的羊、噴血的羊，還有一隻羊繞著賽場滿圈子的跑，速度堪比非洲羚羊，不用檢查都可以知道那隻羊是興奮劑超標了，負責牠的選手就在後頭死命的追。另外有三個選手因為羊死亡而提前出局，其對手自動晉級。

這次比賽進行的熱熱鬧鬧，顧晚晴也比以往任何一次比賽都更要認真，她做出來的解毒丸只在雞身上試驗過，也不知道對羊有沒有效。

就在顧晚晴小心的拿出「紫金錠」化水後以竹筒灌給羊喝的時候，只聽對面一聲羊叫，顧長生竟然已成功喚醒了中了「逍遙丸」的那隻羊，讓顧晚晴倍感挫折。

「如果我是妳，就會好好考慮一下。」舉手示意完成的顧長生轉到顧晚晴面前，沒頭沒腦的說了一句。

「考慮什麼？」顧晚晴看了看裝藥的竹筒，「這個？」

近距離看顧長生，他的五官極為完美，本應是該讓人如沐春風的清雋，卻因木然的神情破壞了一切。

顧長生的目光也盯在那竹筒上，眼中譏誚一閃而過，「大長老給妳的藥，還合用嗎？」

顧晚晴無言半晌，似乎從大長老第一次幫她作弊開始，顧長生就是知情的。

「原本札木的對手並不是妳。」顧長生木木的說著話，像是在背書，「或者說，妳原本並不該是『五十號』。」

顧晚晴一怔，而後皺眉道：「難道分組是提前定好的？」

「只有個別吧。」顧長生淡然的道：「這是為了防止過多的淘汰顧家子弟。」

顧晚晴眉頭皺得更緊，「那為何……」

「本以為動些手腳就能讓妳敗在札木的手下，他的來歷古怪，妳的作弊手段未必有用，可沒想到大長老鐵了心要妳晉級，不惜想出這種辦法……」顧長生一直是面無表情的，「別無他法，我只能自己出手將妳淘汰。」

動手腳？顧晚晴有些語塞，是不是說，號碼牌的確是動過手腳的，而那個人就是顧長生？她不是沒想過有人陷害她啊，但她可沒想到這個人會是顧長生！有理由嗎？顧長生幾乎已是穩坐天醫之位了，何必要陷害她？還是說大長老的偏幫讓他感到了壓力？而顧長生所說的大長老想的「那種辦法」……她看了看那隻衰羊，更為無語……

「我也不知道大長老是怎麼想的……」這也是顧晚晴一直疑惑的問題，如果大長老想讓她做天醫，何必還要舉辦這場賽事？

「怎麼想的？」顧長生動了動唇角，似乎是想冷笑一下，不過因為神情的木然，失敗了。

「他的想法很簡單。」顧長生向身後看了一眼，見他們這組的記錄長老還在那邊觀察羊的情況，才哼了一聲，「大長老的意思是，天醫由我來做，妳則將會晉級到決賽階段，順理成章的成為天醫助手，在一些時候，發揮出妳所謂的能力，保全『天醫』攻無不克的名聲！」

說到這，他竟然笑了一下，「妳，一直在大長老的算計之中。」

第六十六章

【面談】

算計？顧晚晴對這個詞並不陌生，從顧長德與顧明珠暗地接走阿獸讓他認祖歸宗，到白氏母女偷偷摸摸不請自來，哪個不是算計？可她今天聽到這兩個字，卻讓她格外的不舒服。

大長老也在算計她？

是啊，這樣一來多日的疑惑就有了答案。仔細想想，大長老之前明明對她不理不睬，為何在得知她能力恢復後，就又開始對她關懷有加了？雖然他並沒有噓寒問暖，偶爾還對她訓斥一番，但她是真的覺得大長老是關心她的。

原來都是假象。

當然，顧長生也有可能說謊，故意破壞她和大長老之間的關係，但這種想法在顧晚晴心中只是轉眼而逝，這種挑撥太直接了，只要稍一對質就會馬上露餡。

「你不喜歡嗎？」明明是有些難過的，顧晚晴卻還笑笑，「你有實力，我有能力，只要我們好好配合，不愁顧家無法更進一步。」

顧長生顯然沒料到顧晚晴會是這個反應，看著她半天沒有說話。這時，記錄的長老已檢驗過顧長生的解毒方法，示意顧長生回去。

顧長生朝那邊點頭示意，轉過身前，說了句：「要嘛妳做天醫，要嘛我做天醫，合二為一的事，我不稀罕。」

顧晚晴抓著手中的竹筒，指尖略略用力，捏得指尖發白。良久，她才低下頭去，將竹筒中的藥水給山羊灌了下去。

約莫一炷香後，顧晚晴醫治的那隻衰羊就醒了，之後閒庭信步的走到院牆邊去啃草，十分悠然自在。

不管從哪個角度來說，顧晚晴都是成功了，可她一點開心的感覺都沒有，將「逍遙丸」的解藥及其寫著解毒原理的紙張交給記錄長老，而後便離開了賽場。

這次比賽的結果一如既往的會在五天後揭曉，顧晚晴回家後的這幾天壓根想也不想這事，照常的吃飯過日子，只是較平時安靜了許多，對白氏母女也沒再無故找碴，弄得白氏母女這兩天都避著她走，不知道她又怎麼了。

傅時秋這幾天沒再來，大概是被姚采纖嚇怕了。顧晚晴本來還打算跟他打聽打聽那天到底發生了什麼事，可現在也沒什麼心思。

直到複賽成績出來的前一天，大長老派了人來，將顧晚晴帶到了顧府。

顧晚晴候在長老閣外，遠遠的看著顧府的地標建築天醫小樓，想著自己當時是如何從天醫小樓出來、從顧家出來，當時，可有人為她說項求情，可有人憐她無依無靠？

「六小姐請至偏廳稍候，大長老馬上就來。」一個藥僮過來報訊，示意顧晚晴隨他而去。

顧晚晴卻沒動彈，又看了遠處的天醫小樓一會，才笑道：「我就在這等吧，屋裡太悶了。」

那藥僮也無不可之意，便任顧晚晴在院中閒逛。

長老閣不只是一個院落這麼簡單，算是宅中之宅了，占地面積很大，私秘性也很好。在顧家，除了卸任的天醫外，其他人入長老閣都有一個不成文的規定，便是必須為單身之人，不能有家庭子女的拖累，一來使之能專心研究醫術，二來也可防止有人將研究成果外洩給子女家人。

長老閣的二十一名長老中，沒有一個是有家室的，有的就算原來有，為了入長老閣，也不惜散去妻妾譴走兒女，讓自己了無牽掛。

這樣值嗎？為了所謂的成就而妻離子散，就算將來功蓋寰宇又能如何？反正顧晚晴是理解不

了。

想著想著，顧晚晴又想到了顧長生。顧長生其實也是個倒楣孩子，他也不想被人偷龍轉鳳送到顧家來做什麼未來繼承人啊，他甚至不知道自己還有一樁身世秘密，在眾人稱頌中長到十歲，然後，世界淪陷。

顧晚晴難以想像顧還珠認祖歸宗後，顧長生可能受到的種種待遇，他沒被譴離顧家，只是因為他曾修習過梅花神針，而加入長老閣，已是將他的未來完全規劃，顧家不可能任他脫離長老閣，他將來只能留在長老閣繼續做他的長老，沒有家人，不能娶妻，更別談子女。所以他才那麼想做天醫嗎？只有做了天醫，他才算逃出了那個牢籠，雖然仍沒有自由，但可以娶妻、可以生子，可以有家。

若是以前，顧晚晴會極為同情顧長生，如果她能幫上忙的話，她或許還會助顧長生一臂之力。可今天，這種同情只是一閃而過，她為什麼要同情他？她根本沒有立場去同情他！

從顧長生身上，顧晚晴第一次這麼清楚的看清了自己，她是顧家的人，她擁有顧家最為神奇的一種能力，這種能力是顧家安穩的根本，只憑這一點，就算她無醫術在身，就算她德性再差，就算她早已不在顧家，她也註定無法脫離顧家，什麼斷絕關係，只是她一廂情願罷了。

顧晚晴輕輕吁了口氣，大長老只是希望她去做「天醫助手」？他有什麼理由如此篤定她一定會答應呢？還是算計嗎？又要算計她什麼？

正想到這，顧晚晴突然聽到有人在招呼她。她轉過身去，便見她那個不著調的堂哥顧宇生遠遠的朝她招手，並一路向她來了。

來得這快！顧晚晴想躲是躲不開了，只能也笑著和他打了招呼，等他一溜小跑的到了近前。

「六妹妹，好久不見了啊。」

這種沒有營養的招呼讓顧晚晴暗地翻了個白眼，便也回了句：「好久不見。」其實才一個月沒見過好不好？「四哥哥怎麼到這來了？」長老閣可不是誰都能進得來的。

顧宇生聳著肩頭嘿笑兩聲，向顧晚晴靠了一步，極為神秘的說：「來討點藥。」說完還朝顧晚晴擠眉弄眼的。

顧晚晴無語，也不知道應該接什麼，場面一下子冷了下來。

顧宇生倒不在意，又湊近顧晚晴了些，討好的道：「六妹妹，妳那個叫青桐的丫鬟……」

「妳不是才收了和樂嗎？」顧晚晴真想抽這人！

「嘖！」顧宇生一副「妳怎麼這樣」的神情，「和樂是和樂，青桐是青桐，還能是一個人？」

「你叫我就為這事？」顧晚晴的臉色已經很黑了。

顧宇生也不知真沒看出來還是根本不在乎，點頭道：「是啊，青桐現在不也跟著五妹妹嗎？我去討人，可五妹妹說……」

「別說了。」顧晚晴一擺手，「青桐與和樂不同，我得問過她的意思，她同意了才行。」

青桐雖然沒有隨顧晚晴一起離開顧家，但顧晚晴被趕出天醫小樓時，青桐沒有像和樂與其他丫鬟一樣與她劃清界線，還為她想辦法找出路，就此一條，顧晚晴也不能無視青桐的意願，隨便將她送給顧宇生。

「有什麼不同的……」顧宇生神情訕訕的，有些不太高興，「我都和五妹妹誇下口了……」

顧晚晴不想和他過多廢話，剛想趕人，突地輕一挑眉，笑了笑道：「我知道這件事讓四哥哥沒面子了，不如這樣，這幾天你到我義母家來找我，我請你吃一頓色香俱佳的豪華晚宴，當作賠罪，如何？」

顧宇生顯然對晚宴沒什麼興趣。

顧晚晴笑笑，「那天我再與你說青桐的決定，說不定到時候，色香俱佳的不光有菜，還有青桐呢？」

這話對顧宇生的脾胃，他當即笑咧了嘴，馬上與顧晚晴敲定了前去拜訪的時間。顧晚晴又連連囑咐，一定要到。

顧宇生滿面笑容的走了，藥僮這時才上前：「六小姐，大長老有請。」

顧晚晴便隨著那藥僮去了長老閣的一處偏廳。那裡，大長老垂目而坐，身板筆直。顧晚晴曲了曲膝當作行禮，而後也不待大長老說話，便坐到一把椅子上。

大長老抬眼看她一眼，又示意藥僮退下，緩緩開口道：「上次選拔，妳用了能力？」

顧晚晴略一欠身，老實回答：「是。對手是顧長生，不用能力必被淘汰，大長老對還珠期望甚高，怎可未進決賽，就讓大長老失望？」

「我對妳的期望？」大長老聲線平緩，聽不出絲毫波動，「說來聽聽？」

顧晚晴笑笑，「何必多說？大長老只須知道，還珠無論何時都不會辜負您的期望，無論何時都擁護您的決定就行了。」

大長老終於正視著她，良久，「哦？哪怕這個決定是妳不願意的？」

「為何不願？」顧晚晴大大方方的回望大長老，「我一無醫術二無德行，擁有的能力也是顧家給我的，離開了顧家我根本一無是處，就算有能力在身，也無處施展，一個不好，說不定還會被人視為妖怪，既然如此，我為何不聽從大長老的安排？說白了，我還是顧家的人，我忠心的也並非大長老，而是顧家，我希望顧家好，希望顧家能屹立不倒，這樣才有我發揮的餘地，我也才能過上我想要的安逸生活。」

聽了這番話，大長老輕撫鬍鬚久久不語。末了他起身，「妳可知道，妳上次比賽的成績足可淘汰了長生？」

顧晚晴輕笑，「怎麼會呢？我醫治的結果雖然圓滿，但顧長生用時比我要短，也比所有人都短，並且有效，只憑這一點，讓他晉級也不會引起非議，至於我嘛……我相信，大長老自有定論。」說罷，顧晚晴再次曲膝，行了一禮後，低頭離開了偏廳。

到了院中，顧晚晴才抬起頭來。她遙望著遠處的天醫小樓，緩緩的，向前踏了一步。

第六十七章

【宴請】

甘心嗎?被人算計，不管結果如何，有幾人會真正甘心?

顧晚晴不想自己變得跟顧長生一樣，看似擁有一切，實則一無所有，只能以嫉恨的方式來宣洩自己的不滿，可縱然如此，他還是在大長老的掌控之中，根本無法逃脫。

顧晚晴曾想過，大長老為何會支持顧長生這麼一個與顧家本沒有血緣關係的人做天醫?思來想去，莫過於「掌控」二字。

顧家的天醫之位，雖沒有權柄，卻把握著大雍朝大半上層階級的健康命脈，有顧家的人在，御醫永遠只能屈居側席，更別談平常的大夫。自天醫之下，於顧家出身的大夫分布在朝廷各個重臣的府宅之中為其專屬大夫，雖然並非刻意，但已無形間形成一張密網，京中權貴，誰家若是沒有顧家出來的大夫，那便是大大丟了顏面。而大夫的身分雖然不高，卻可常常接觸到旁人無法碰觸的極私之秘，因秘密而信任，因信任而親近，一旦親近了，說話做事，自然也就有了分量。

正因如此，顧家雖不在朝，卻也極得朝中權貴尊重，就如老太太去世之時，連太子也趕來弔唁，朝廷對其的重視程度便可見一斑!

而顧家雖設家主一位，又有長老團從旁協助，但最終的決策者卻只是天醫一人。以往天醫與家

主總是由同一人擔當，長老團的作用便被壓制到最小，只做些研究工作；可如今，天醫之位空懸，家主與長老團各司其職，一旦有了衝突，便很難調節，解決這種局面最好的方法是儘快選出天醫，而對己方最有利的選擇，莫過於天醫在自己的掌控之下。

顧長生自小生在顧家，啟蒙之書便是《百草經》，十幾來年盡受長老團的悉心教導，他是這群孤寡長老們的唯一精神寄託，只有對他，長老們才可不必壓抑內心的各種情感，兒女、子孫、學生……顧長生是他們心中的任何一個角色。

可以說，自五歲的顧長生接受長老團的指導開始，長老團便已視顧長生為下一任天醫，其後雖有變故，但顧還珠人品不佳，在長老團心目中自然沒什麼分量，縱然被尊為天醫候選，但對顧還珠的教導顯然沒有對顧長生那般仔細。

所以，一旦顧還珠生了變數，長老團推出的人選定是顧長生無疑，縱然他與顧家沒有血緣關係，但他已在長老閣中，此生註定無法脫離顧家，是不是真的姓顧又有什麼關係？反觀若是由別人繼任天醫，如顧還珠，將來招婿入贅，生下的孩子雖是姓顧，但血脈終歸是外人的，與顧長生又有什麼區別！

縱觀總總，大長老想要顧長生做天醫都不是沒有道理可循，有能力、有感情、好掌控。

只是，大長老有心，顧長德卻未必有這個意。天醫人選上，顧長德自然也有自己屬意的人選，否則……他為何要替顧明珠退了鎮北王府的親事！

原來有些事，只要認真的想，還是能想通的。

顧明珠在這次大賽中不顯山不露水，可每次比賽都能安然過關，顧晚晴相信在決賽之上她必有殺著，只是暫時低調罷了。

那麼自己呢？顧晚晴覺得，現在她的能力已經成了她的一種負擔，不僅給不了她想要的生活，反而會成為別人覬覦的目標。

顧長德是否也如大長老一樣，對她另有打算？他又會用什麼方法，來算計她呢？

看了看天色尚早，顧晚晴沒有直接出府去，而是吩咐抬轎嬤嬤將她送到了顧明珠的明玉軒，到了之後也不讓丫鬟通報顧明珠，只讓人叫了青桐出來，與她說了一會的話。

待顧晚晴回到葉家後，已是天色過午。葉明常照例沒有在家，葉顧氏和白氏也不在，只有姚采纖一個人看家。

問了問她，才知道葉顧氏帶著白氏去鋪子了，顧晚晴本就希望葉顧氏能做出與白氏親近的樣子來，這樣反倒好，便只把姚采纖叫到身前，也不管什麼語氣，自顧吩咐道：「過幾天我堂哥要來家裡作客，妳和妳娘這兩天想些新鮮的菜式出來，別怠慢了客人。」

姚采纖這些天已經習慣顧晚晴的語氣了，低頭應著聲，又問道：「可有什麼忌口的？」

顧晚晴想了想，哼笑一聲，「他嘛，葷素不忌。只是他山珍海味吃慣了，這頓要弄出新意才行，別千篇一律的瞧著都膩。」

姚采纖依舊是做小伏低的模樣。

顧晚晴心中冷笑，這幾天白氏母女低調得不像話，對自己和葉顧氏的話言聽計從，簡直比奴才還奴才，沒鬼才怪！

當天晚上等葉顧氏回來，顧晚晴又向她說了顧宇生要來作客一事，葉顧氏頓時又緊張起來，連忙吩咐白氏去準備菜單。白氏笑著應聲，與葉顧氏商量菜式時，又旁敲側擊的問這位堂少爺是什麼來歷。葉顧氏對顧家本就尊敬，顧家的人在她眼中個個都是尊貴的，所以她雖然並不瞭解顧宇生，但經她口中說出來，顧宇生便成了舉世無雙的風流才子，將來必會接掌拾草堂云云。

顧晚晴在旁邊聽著都有點不好意思，不過這倒正合她意，也就隨葉顧氏暢想了。

一直等葉顧氏說得差不多的時候，顧晚晴才冷聲道：「打聽那麼多幹什麼？妳又不把女兒嫁他！他身邊的都是名門淑女，可瞧不上妳家那根雜草！」

白氏抿抿唇，不言語了。

過了兩天，便到了顧晚晴與顧宇生相約的日子。

這天下午，顧晚晴特地把姚采纖叫到屋裡來，指著衣櫃沒好氣的道：「去挑件衣服換上，這麼窮酸也不怕人看了笑話！」

姚采纖咬了咬唇，顯然是有些動氣，不過面對那滿滿一衣櫃的衣裳，她又沒有反駁，猶豫一下就過去挑衣服了。她最後選了一條新粉色的下裙，一件鵝黃絲質內衫和一件同色的袖口鑲金圈的螺紋半臂。顧晚晴又讓她自個挑了首飾。

不得不說，姚采纖模樣水靈，眼光也獨到，最主要的，她知道自己的優勢在哪裡。她膚色瓷白，本就極襯鮮豔的顏色，加以少許的金飾裝點，頓時一個嬌怯怯、水靈靈的小家碧玉現於人前，連顧晚晴看了都暗暗點頭。

過了一會，已快到顧宇生要來的時間了，顧晚晴早在天濟醫廬的時候就見到顧宇生那拉風到極點的點漆馬車，便特別讓姚采纖在門旁看著，如果人來了，就通知一聲，好馬上備菜。

顧宇生果然依約而到，他今日本想早早的來，可又想起已答應府裡的一個丫鬟給她買香粉，便特地繞了路去京城最好的脂粉行，再回來時天色已經暗了，便不住的催促車夫將車駕得再快些。

他今天來是想聽好消息的，這幾日青桐見了他不再像以往那樣不理不睬，有時還會給他個笑容，讓他覺得這事八成有門。

不過，當馬車停住，顧宇生掀簾而出之時，竟硬生生的躬著腰停在當場！

只見葉家的綠漆木門旁站著一個嬌黃豔粉的窈窕身影，以帕掩口，正以手驅趕著馬車揚起的灰塵，黛眉微蹙，雙眼含霧，真真的羞紅凝綠，讓人一眼便移不開眼去！

「四公子？」車夫了然的看著門邊的嬌美身影，出言喚了顧宇生一句。

顧宇生立時回過神來，雙目不轉，盯著姚采纖，跳下馬車大踏步朝葉家大門而去！

姚采纖略有些心慌，按說她在村子裡也見過不少男子，可沒有一個像顧宇生這般俊俏的，到了葉家後倒是見到一位模樣身分都是極佳的悅郡王爺，她有心攀附，可那王爺看人的目光讓她很不自在，好像她所有的心思都被他瞧去了一樣。而眼前的人，同樣的注視，卻不會讓她感覺害怕，他的眼中彷彿蘊著兩團火，只為她燃燒一般，讓她覺得羞意無限。

輕咬下唇，姚采纖放下掩口的手絹，讓自己的整個面孔顯露出來，那一瞬間，她似乎見到顧宇生眼中的火焰猛然跳躍，竟似極喜。

姚采纖突地手足無措了，看了他一眼，馬上低下頭去，輕輕一福，「請問您可是顧家的四公子？」

良久，她也沒得到回答，疑惑的抬眼，卻正對上一雙含笑的漆黑眼眸，姚采纖的面頰頓如火燒，輕輕一跺腳，扭身跑回院中。

顧晚晴在院子裡等得都快長毛了，她明明聽到了馬車的聲音，卻等了好久，才見姚采纖滿臉通紅的跑了進來，見了她才慢下腳步，顯得有些不自在。

顧晚晴早見到了跟在後頭不著調的顧宇生。看著顧宇生的目光左右不離姚采纖，縱然這是顧晚晴想看到的結果，卻也不得不在心裡寫個「服」字！

「六妹妹，別來無恙啊。」

顧晚晴耳尖的察覺這廝說話的聲音都和平常不太一樣，好像故意弄出點磁性來。

「我能有什麼恙？」顧晚晴先是回了一句，才轉身與低著頭的姚采纖道：「妳進去幫忙準備飯菜吧。」

姚采纖福了福身，低頭到後院去了。

「四哥哥……」顧晚晴揮了揮手，阻斷顧宇生跟隨的目光，閒閒的道：「反正我也沒準備什麼好菜，如果你著急的話，我就直接把青桐的意思和你說了，然後你就走吧。」

「誰著急了？」顧宇生邊說邊往後院走，「一會席上再說吧，我還沒拜會過葉夫人，這就去見見。」

第六十八章

【局】

葉顧氏見了顧宇生還是有點慌亂，雖然按輩分，顧宇生還得叫她小姨，但對她而言，顧宇生是本家祖宅出來的嫡出公子，又是三房的人。想當初，她就是倚靠了在三房做奶媽子的一個堂姐向顧宇生的母親求了差事，葉氏一家這才能順利的再回顧家來，所以葉顧氏對顧宇生又是親近，又別樣尊敬。

顧宇生倒是謙遜得很，見了葉顧氏就以小輩之姿見禮，也不肯入主位，只陪了側席。

顧晚晴本還擔心顧宇生進來就會打聽姚采纖，被葉顧氏察覺出什麼，可等了一會，顧宇生只是陪著葉顧氏聊些家常說些笑話，絲毫不提旁事，樣子也是正正經經的，倒讓顧晚晴對其刮目相看了。看來這顧宇生雖然風流過頭又不著調，但還是有優點的，嘴甜，能把每個女人都哄住……

過了一陣子，廚房開始陸續上菜，以往為顧著白氏的身孕，廚房裡的活多是姚采纖在做，白氏也就端端盤子，可今天上菜的卻是姚采纖，素手托盤蓮步輕移，嫋嫋婷婷的就來了。顧宇生止不住的雙眼放光。

顧晚晴輕咳一聲，回頭看了看姚采纖，冷聲道：「不用妳伺候了，妳回房吧，今兒晚上別讓我瞧見妳。」

姚采纖咬了咬唇，極為委屈的模樣，腳下卻沒動上一分。

顧晚晴等她將滿眼的委屈都傳遞給了顧宇生後，才站起身來佯怒道：「沒聽到我說話?要請家法是不是？」

姚采纖慌忙低頭走了。

顧晚晴轉過頭，便見顧宇生緊蹙眉頭，極不贊同的模樣。

「六妹妹，消消火，我看她也沒什麼做錯的地方吧？」

葉顧氏也跟著勸說。

顧晚晴這才怒意未平的坐下來，也不回答顧宇生的話，逕自道：「青桐那事你別費心思了，她有自己的打算，不想和一群女人爭風吃醋。」

顧宇生點點頭，可心思顯然已不在這上頭了，時不時的走神，眼神直往屋外瞟。終於等到菜上齊了，顧宇生也坐不住了，站起身來，說要去方便方便。

顧晚晴也隨他。

顧宇生出去後，葉顧氏小聲說：「四公子在，妳的脾氣收收，別鬧起來大家不好看。」

顧晚晴點點頭，注意力卻一直都在外頭。

待聽到屋外小碎步響起，她有意沒放低音量道：「娘，妳剛剛也太過誇他了，他是顧家的公子不假，但自小極為頑劣，還願意擔個風流之名，前兩年他看上一個比他大了十來歲的寡婦，非想收進府裡，氣得我三叔病了一場，後來這事雖然沒成，但他居然還不離不棄了，把那寡婦養在外頭，錦衣玉食的供著，那寡婦去年還幫他生了個女兒。」

「我這個堂哥也怪，不喜歡兒子，專喜歡女兒，生個女兒讓他高興得跟什麼似的，硬是把女兒接回府中，做了正經八百的小小姐。我三叔也拗不過他，只能默認了。妳說說，這麼丟臉的事，他也做得出來……他對那寡婦到現在還迷得如痴如醉，也不知這年紀大的到底好在哪……」顧晚晴一邊說，一邊瞄著門邊，漸漸壓低了聲音。

這事倒也不是顧晚晴杜撰出來的，只不過顧宇生喜歡的不是什麼寡婦，而是一個贖了身的青樓女子。那女子比顧宇生大了十一歲，也沒嫁人，自己開了間茶舍，不知怎麼的就合了顧宇生的眼緣，搞了一場轟轟烈烈的忘年戀。

此時顧晚晴有意將主角換成了寡婦，卻是說給有心人聽的。

說著話，白氏端著酒具進了屋子，低眉順目的，看不出什麼異樣。

顧晚晴冷眼看去，見白氏雖已年過三旬，但風姿綽約，膚色瓷白，看來也不過二十七、八的樣子，這樣一個女人，明明可以有更好的出路……顧晚晴正是在為她找這條出路！

「看見我四堂哥了嗎？」顧晚晴狀似隨意的問了一句，「怎麼還不回來？」

白氏略一欠身，「我去看看吧。」

「不用了。」顧晚晴哼笑一聲，「也想得到他幹嘛去了。我這堂哥樣樣都好，就是過於風流，不過……」她瞟著白氏，似笑非笑的道：「有些人的算盤不要打得太響。我堂哥身邊年輕貌美的丫頭無數，妳家那丫頭，他頂多一時新鮮罷了。看在妳們最近服侍不錯的分上，我才讓她回屋少沾惹我堂哥，要是自己不識相，將來出了差錯可別埋怨我！」

白氏低下頭去，半晌沒有言語，也不知在想什麼。

過了好久一陣子，顧宇生才從外頭回來，眼角眉梢盡顯春風得意。顧晚晴也不點破，再次請他入席後，便叫白氏上前服侍眾人用餐。

白氏也盡心盡力，誰碟中空了，馬上便下筷補齊。顧宇生享受了兩回後笑道：「今晚的菜式相比天波樓也不遑多讓，都是出自白姨之手？」

顧晚晴立時寒下臉來，「她還沒進門，你跟著誰叫？」

顧宇生本就是想化解一下顧晚晴和白氏母女間的緊張氣氛，沒想到顧晚晴這麼不給面子，不過他也會給自己找臺階下，輕打了自己臉頰一下，「是我的錯，我今年都二十三了，管一個二十七、八歲的叫姨是挺不合適的。」

顧宇生是天生的油嘴滑舌，剛剛和葉顧氏聊天也把對方聊得心花怒放，這些話他是張口就來。

白氏倒是很淡定，低著頭沒有回應，待給眾人都布好菜後，才朝葉顧氏輕輕一福，「我再裝壺酒來。」

葉顧氏點點頭，任白氏去了。

白氏走後，顧晚晴沉著臉，對顧宇生直截了當的說：「四哥哥，我知道你是什麼樣的人，但有些醜話說在前頭，我很不喜歡這對母女，也不希望你們有什麼往來，你要是聽我的勸，我興許還幫你勸勸青桐，要不然，你趁早死心吧！」

顧宇生笑著打哈哈，沒說不答應，但也沒說答應。

眼見著顧宇生這邊的火候已經差不多了，顧晚晴便起身送客。過猶不及，這個道理她還是懂的，現在貓已經見到了腥，吃不吃得到、怎麼吃，就不再是她該關心的內容了。

顧宇生走得很爽快，並直到離去也沒問有關姚采纖的任何事情，讓顧晚晴更加肯定他們已經暗中搭線成功，這效率還真是高。只是白氏那邊似乎沒有什麼動搖之意，讓顧晚晴有點失望。

轉過天來，白氏跟著葉顧氏又去鋪子了。姚采纖收拾好家裡後，便提著籃子要出去買菜。顧晚晴給了她一些銅板，在她轉身要出門的時候又叫住她：「我和妳一起去吧，整天看書，看得頭疼。」說罷，不由分說的關門鎖門，拖著姚采纖一起出了門。

一路上，姚采纖都有些心不在焉。

顧晚晴看著覺得好笑，她本是猜想，現在倒坐實了想法，顧宇生果然是要約姚采纖出去的。買了菜回來，姚采纖又找各種藉口出門去，不是被顧晚晴攔下，就是顧晚晴也要去，弄得姚采纖十分無奈。

至於顧晚晴呢，鐵了心的要看死對方，不為別的，她估計以姚家姑娘這麼熱情的勁，恐怕會被偷得太順利，那並不是她的主要目的。

過了兩天，姚采纖依舊沒能甩掉顧晚晴一步，整天無精打采的。

顧晚晴的心情倒不錯，尤其在收到傅時秋送來的一個小匣後，神情更為愉悅。

匣子裡的東西，顧晚晴是大有用處的，只是來路成問題，思來想去的，似乎只有傅時秋幫得上忙，便在顧宇生上門之前約傅時秋見了面，說了這事。

顧晚晴至今仍記得傅時秋那驚恐糾結的神情，想一想，還是會忍不住笑出來。

姚采纖看著她高興，趁機又提出要去店裡看看。

顧晚晴也不再阻攔，笑著說：「好啊，那妳明天就跟我娘去看鋪。妳娘留下，我讓她教我點手藝。」

姚采纖立時振奮起來。

顧晚晴嘆了一聲，「其實妳要明白我對妳的良苦用心。我那堂哥，不是什麼好人，花心得很，我是怕妳錯付良人，才這麼看著妳。」

姚采纖臉上一紅，看著顧晚晴欲言又止，不過，終是沒說出什麼，應著聲出去了。

第二天一早，姚采纖便穿起上次顧晚晴送她的衣裳，臉上也略施薄粉，很是打扮了一番才跟著葉顧氏一起出了門。對於顧晚晴的勸告，她顯然是沒聽進去的。

顧晚晴樂得如此，又將白氏叫來，「我想學幾樣菜式，妳想想有什麼簡單又可口的，一會教教我。」

白氏答應了，轉身去廚房準備。

過了沒一會，顧晚晴急匆匆的走進廚房，「我想起今天約了人，桌上那些書是我給四哥哥的，他要是來了，就讓他帶走吧。」

白氏略一遲疑，眼中微現狐疑：「四公子……今天會過來？怎麼沒聽說？」

「上次臨走的時候定好的，今天來。」顧晚晴說著撇了撇嘴，「不然妳以為我為什麼讓姚采纖今天出去？」

白氏垂下眼簾，不再說什麼了。

顧晚晴沒再耽擱，簡單收拾一下就走了。出了大門她也沒走遠，過了兩個街口，拐進一家二層的茶樓。茶樓樓上，七、八張桌子，只有臨窗一桌坐了一人，見了她，向她招了招手。

顧晚晴走過去坐下，看看四周，「你包場啊？」平時這裡的生意很好的。

傅時秋微一點頭，看著顧晚晴的目光中總帶了點古怪的意味，「省得隔牆有耳。」

顧晚晴笑著點頭，又自己動手倒了一杯茶，聞了聞，而後才入口。

「現在能說了吧？」傅時秋等她喝完一杯茶，才微有急迫的開口：「妳讓我找的那本書，到底用來做什麼？」

第六十九章

【挑撥】

傅時秋問得不只急切，還有點鬱悶，雖然他早知道顧還珠性格不好，惡名在外，但他怎麼也沒想到，她竟然要他去找那種東西，找來做什麼？要和誰一起研究？他能不警惕嘛！

顧晚晴卻是悠悠閒閒的又給自己倒了杯水，「還能做什麼？你用來做什麼，我就做什麼唄。」

傅時秋登時急了，按著桌子就想站起身來，可身子才離開椅子後就又坐回去了，心裡嘀咕著……好險……差點就被套進去了……

「我可是正人君子。」傅時秋展開扇子搧了兩下，「要不是受人所託，對這種秘戲圖根本不屑一顧。」

顧晚晴聽罷一樂，無辜的一攤手，「你都看真人的，當然對圖不屑一顧了。」他假正經的樣子倒是能唬人，但也不想想，他沒封郡王之前就花名滿京城了，何況現在名利權兼有，根本不可能消停。

傅時秋吃了一癟，有心再辯，可對方是顧晚晴，這種話題終是不好與她大肆談論，就扭過身子一個勁的搧扇子。過了一會鬱悶漸消，他才又追問：「妳要是不說，下次別找我幫忙啊。」

顧晚晴今天心情不錯，一直笑咪咪的，「我不是不說，是給你個機會猜猜，你不是挺機靈的嗎？我這又傻又流鼻涕的小伎倆，哪能瞞過你的法眼啊！」

傅時秋無語，這妞心眼太小了，上次隨口說了她一句，記到現在。

「給你點提示吧。」顧晚晴靠在窗邊，瞄著窗下一輛點漆描金的拉風馬車風風火火的駛過，心情不由更佳。她視線轉回盯著傅時秋，「你有可靠的畫師嗎？」說著朝他一擠眼睛，「畫那種畫的。」

傅時秋半晌沒言語，這還是陷阱啊！剛剛他才正人君子了一把，怎麼能又有秘戲畫師呢？可事實上……

「咳！妳要什麼風格的……」他還是以顧晚晴的要求為先，不要臉了……

顧晚晴似笑非笑的盯著他，慢慢伸出一根手指勾了勾。待他探過頭來，顧晚晴也傾身過去，小聲在他耳邊嘀咕了一陣。

傅時秋越聽臉色越精彩，最後饒有興致的摸了摸下巴，豎起拇指誇了顧晚晴一句：「妳可太壞了。我本還想會不會是給妳那繼妹弄的，沒想到妳盯上的是人家老娘。」

「我只是提供一個機會給她們。」顧晚晴抬手幫他倒了杯茶，連連叮囑：「去鋪子的時候千萬讓那畫師看準人，畫那個年輕的，別把我娘畫進去啊……」

傅時秋面色微菜，揮手讓她放心，又問：「妳堂哥那邊妥當嗎？」

顧晚晴聳聳肩，「誰知道。不過以他的好色程度來說，姚采纖是跑不掉的。白氏嘛……有難度，但也不是不可能，就看怎麼培養『性趣』唄。」

傅時秋突然覺得有點不妙，以前的顧晚晴雖然傻了點，但大大剌剌的也有她的可愛之處，最要緊的，他可以隨時猜到她的想法，可現在……她這都從哪想的損招啊？一男二女，還是母女！

「那麼看我幹嘛？」察覺到傅時秋看她的目光有異，顧晚晴一眼瞪回去，「只許她們設計搶別人丈夫，不許我設計她們自己爭風吃醋？」

「行行行。」傅時秋連忙安撫看似炸毛的顧晚晴，「妳願意怎麼做都行，有我在，不行也行！」

顧晚晴這才滿意的點點頭，端起茶杯敬了他一杯，又再囑咐：「可讓那畫師瞧準了再畫啊。」

傅時秋都懶得接話了，他看起來理解能力就那麼低嗎……

東拉西扯的，兩個人又聊了好久一陣子，直到那輛拉風馬車從原路返回，再次經過窗下，顧晚晴才站起身來撫撫裙子，「行了，我回去了，那個圖，畫好了就給我送來，記得要畫得精彩一點啊。」

傅時秋揮揮手，以示瞭解。

顧晚晴離開茶樓後並沒急著回家，而是去了鋪子裡。葉顧氏在，姚采纖也在。

姚采纖的臉色很不好，本以為跟著葉顧氏出來就有機會溜出去，可向來好說話的葉顧氏今天死了心的把她扣在身邊，她多求兩句，那邊就撂了臉，回她一句：「出門時妳姐姐特別囑咐我，不讓妳出去。」

無法，因她和白氏還住在葉家，她也不敢真的與葉顧氏翻臉，對顧晚晴更是顧忌，只能暫時忍氣吞聲，又忍不住在心裡暢想，顧還珠不過是被顧家趕出來的棄女，也只能在葉家神氣神氣，有朝一日自己進了顧家的門，看不把這些閒氣一次都討回來！

顧晚晴看著姚采纖忽晴忽暗的臉色心中暗笑，也不去理她，轉身去找葉顧氏說話。

葉顧氏整理著東西，與顧晚晴閒聊了兩句，沉默了一會才道：「最近妳爹……好像很忙似的，妳知道他在忙什麼嗎？」

最近葉顧氏與葉明常的交流明顯減少，葉明常又早出晚歸的，也只有早晚吃飯的時候能見著面。

「好像是拾草堂那邊又給他安排了新差事吧。」

這事顧晚晴知道一點，但不詳盡，只知道是拾草堂那邊空了一個小管事的位置，按說葉明常是她的義父，有這層關係在，做個管事什麼的也綽綽有餘了，只是這事出現的時機不對，她前幾天剛想著顧長德會用什麼法子來拉攏算計她，拾草堂那邊的差事就派下來了，不容得她不懷疑。

不過，縱然有懷疑，顧晚晴也沒有阻止葉明常接這差事，他們要生活，有花銷，說話間葉昭陽也快到了議親的年齡，哪一處都得用錢，他們雖有顧家送來的例銀和成衣鋪不算火爆的銷售收入，但葉明常才是一家之主，若他沒有個正經的營事，他自己也不會舒心的。

「我來是接她回去的。」顧晚晴一指姚采纖，「一會我讓白氏送飯過來給妳。」

葉顧氏點點頭，有些心不在焉似的送顧晚晴離開了。

顧晚晴察覺到了葉顧氏的不對，但他們夫妻間的事，只能由他們自己解決，外人是一點忙都幫不上的。

帶著極不甘心的姚采織往家裡去，快到家時顧晚晴有意道：「今天可太不巧了，妳剛走，四哥就來了，正趕上我也有事出去，妳娘就替我招待了，如果妳今天沒出去，那留下的可就是妳了。」

姚采織聽罷這話，臉色頓時鐵青，腳步也停下。看著顧晚晴漸漸遠去的背影，姚采織的眼中隱現忿恨之色。

「妳是故意的……」什麼不想她被騙，什麼為了她好……

「是啊。」顧晚晴居然聽到了她的嘀咕，又轉了回來，好整以暇的看著她，「我就是故意的，我就是想讓妳知道妳娘的目光有多短淺。我爹有什麼好？非得來算計他？妳娘不讓我娘好過，我就不讓妳好過！妳放心，只要妳和妳娘留在我們家一天，我就會徹底看牢妳，讓妳永遠沒有機會與四哥哥見面，讓妳眼睜睜的見他把妳忘到腦後，讓妳眼睜睜的錯過一場富貴！看看到時候，後悔的是誰！」

「妳！」姚采織這段時間受的閒氣夠多了，此時再也按捺不住，抬手朝顧晚晴打來！

顧晚晴知道自己對她是什麼態度，也明白狗急跳牆的道理，早防著她這招，一個閃身避開之後自腰帶中一抽，一條指頭粗細的小鞭子便被她抽了出來，揚手就朝姚采纖甩去！

姚采纖萬萬沒想到她居然隨身帶了武器，驚呼一聲捂住被抽到的胳膊，因為心裡有陰影，又想到上次顧晚晴追著她滿院子的打，最後又逼著她脫衣服的事，一口惡氣怎麼也嚥不下去，索性拚了，撲過去便是一通亂抓。

顧晚晴一邊躲她的指甲、一邊甩鞭子，小鞭子抽得嗖嗖的響，抽著還不解恨，口中連道：「妳要怪就怪妳娘犯、賤！做寡婦也不安分，現在連累了妳的富貴，簡直就是報應！」

姚采纖這回是真急了，硬頂著鞭子抽到臉上的可能性直衝向顧晚晴，擋也不擋的抓住顧晚晴，照著她的臉又打又撓。

顧晚晴格擋之間只覺得臉頰疼了一下。頓時她也來了火，乾脆扔了鞭子直抓姚采纖的頭髮，揪得姚采纖連聲尖叫。顧晚晴趁機將她摔到地上，正準備撲過去大打一場，突地一個人影擋在面前。

顧晚晴氣喘吁吁的看著那人，是個十七、八歲的小廝，有點眼熟。

「顧姑娘。」那小廝攔著她，又一指她的身後，「我家公子等著姑娘呢。」

顧晚晴便回頭去看，遠遠的，見著一輛馬車停在自家門前，那馬車的款式……像是她上次坐過的相府的那輛……

轉回身子，見那小廝正伸著手意圖引她往馬車那邊去，眼中微帶輕蔑之意。

顧晚晴一巴掌打開他的手，指著剛剛爬起來的姚采纖狠聲說：「妳娘肚子裡懷的到底是誰的孩子妳們自己清楚，識相的帶妳娘馬上從我家滾出去，以後別再招惹我家人，說不定還有一場富貴等著妳，否則，別逼我做雞飛蛋打的事！」

說罷，顧晚晴又白了那一臉訕然的小廝一眼，這才回過身來，朝馬車去了。

走了老遠，顧晚晴忽聽身後有跑步聲，卻是姚采纖髮髻散亂的追上她，然後猶疑的看了她良久，喏喏開口：「妳……妳說的是不是真的？只要我們離開，妳就不再插手我和四公子的事？」

顧晚晴哼笑一聲，卻沒回答。她伸手推了對方一把，讓出去路後，繼續前進。

第七十章

【進展】

顧晚晴有意不理姚采織，任她自己著急去，從她剛剛的態度已不難看出，白氏的身孕當真有詐，有了這點認知，顧晚晴的心安下許多。當然，也不排除姚姑娘為了自己的幸福大業不惜勸其母捨己為她，就此和葉家劃清界線，如果是這樣，顧晚晴也沒什麼意見。

顧晚晴一路走到家門口的馬車之前，走近的時候便見車簾輕動，一個瘦長的身影跳下車來，正是聶清遠。

「進去坐吧。」顧晚晴一指大門。

聶清遠本想拒絕，男女私下見面本就不應，何況他們還是未婚夫妻關係，理應明示於人藉此避嫌，可看看顧晚晴釵橫髮亂的模樣，他又改了主意，跟著顧晚晴進了葉家大門。

顧晚晴才進門就碰上了白氏。白氏見到她的樣子有些吃驚。顧晚晴隨便一揮手，「給聶公子奉茶，我去整理一下。」說完就回了自個房間。

她整裝完畢後出來，正遇上姚采織拉著白氏不知在說些什麼，白氏低聲斥她，臉色有些不好。

顧晚晴隨她們自個鬧去，逕自去了客廳。聶清遠等在那，危襟正坐，和傅時秋那哉哉歪歪的樣子形成極為鮮明的對比。

「找我有事？」顧晚晴問完才想到，他們之間的事說來說去也就那麼一件，而她答應了，卻至今也沒有什麼進展，只好道：「那件事……我還在想辦法。」

顧晚晴曾拜託過傅時秋能不能找機會帶她入宮，如果她能面見到皇上或者太后，便可將自己的意願說出，就算他們不同意，也好另尋他法。可傅時秋這次卻沒能幫得上忙，用他的話說，太后最近身體不好，受得不刺激，皇上也很忙，忙得沒空接見任何人。

「我今日正是為此事而來。」聶清遠說著話，看了眼端茶進來的白氏，住了口。

白氏也很識相，沒有久留，轉身退了出去。

聶清遠將茶端起，卻沒喝，只是端在手裡，用他清朗的聲音說道：「江南大雨成澇，朝中需派人前去視察，我已上稟皇上和太子，請求擔任巡查使一職，此次出京多則一年，少則半載，雖然我們婚期已在眼前，但國之有難，子民豈安？萬事應以國事為重、以國事為先，所以，我們的婚事最好暫做拖延，待天災過後，再行計較。」

顧晚晴眨了眨眼，「就是說……你請皇上把婚期拖延了？」他們的婚期本定在立秋之日，距現在已經不遠了。

聶清遠看了顧晚晴一眼，開口，語調絲毫不變：「不，是因要以國事為重，才會順延婚期。」

顧晚晴無語，這和她說的有什麼不一樣啊……

不過，這理由說出來倒挺義正嚴辭的，就像聶清遠，官腔打得十足。

想著想著，顧晚晴突然在心中偷笑，聶清遠來這的意思，是告訴她不用擔心吧？是讓她放下心來，不用著急退婚的事了。

「嗯，我明白了。」顧晚晴極力的板著臉，與聶清遠一般做著嚴肅的模樣，「你身在朝中為官，自然要為皇上分憂，豈可棄天下百姓於不顧，因私忘公？」

滿面正氣的說完，顧晚晴抬眼，便見聶清遠唇邊笑意一閃而逝，隨即他放下茶杯站起身來，朝她拱拱手，「此事我會派人前去顧府說明，相信必會得顧氏家主諒解。」

顧晚晴送他出門，送到大門口時，還是沒忍住笑了一下，之後笑容再也壓不住，也不裝大義凜然了，朝聶清遠笑道：「你還挺有趣的啊。」

聶清遠沒說什麼，輕咳一聲，上了車就走了。

顧晚晴笑著返回院中，總算是暫時不用愁退婚的事了，心情一下子輕鬆不少。她正欲回房，白氏突然跟上她，「大姑娘稍等，我有話要說。」

顧晚晴沒有停，直走回屋中，白氏沒辦法，只得跟進來。

顧晚晴坐到桌邊順手拿起桌上的醫書來看，才開口道：「有什麼話就說吧。」

白氏抬起頭，又挺了挺後背，不卑不亢的道：「顧四公子是富貴之士，我們采織高攀不起，以後我會看著采織，不會讓她再有什麼旁的念想，也請大姑娘以後放心，不必再操心采織的事了。」

顧晚晴想到剛剛看到的情形，分明是姚采織被白氏喝斥了，能引白氏發火，定然是姚采織向她提議離開葉家，引起了白氏對自己的懷疑。

「妳要這麼想那就最好。」顧晚晴撇過臉去一副懶得理她的模樣，「省得將來出了事，傳到祖宅去，丟光我的臉！」說到這裡，顧晚晴頓了頓，將目光轉回到白氏身上，不放過她的任何神情，道：「我二叔月底作壽，我讓我娘陪我去了，不過我娘和祖宅的那些夫人不熟，也未必聊得來，不如那天妳也去吧，多陪陪我娘。」

白氏神色不改，低頭應了聲「是」，又問了顧晚晴有無別的吩咐，這才出去給葉顧氏送飯了。

現在離月底只有幾天而已，她就這麼淡定？若說顧晚晴之前還擔心白氏的孩子真是葉明常的，今天姚采纖的舉動已經似乎說明了一些問題，可，既然如此，白氏為何還能如此鎮定？她就不怕被當場戳穿？

一定有問題。

接下來兩天，顧晚晴一直在觀察白氏，可始終沒看出什麼究竟，這期間顧宇生又來過一次，還是取書。

要說取書這事，安排得可不容易。顧宇生這廝，吃喝玩樂樣樣精通，唯獨不喜看書。上一次顧晚晴好說歹說，說自己手裡有一批草藥記錄秘本，要他過兩天來取，又指定他親自前來，否則不會給他。總算顧宇生還是有點事業心的，對識藥辨藥也有些天賦，最主要的是他深知如果將來無法接掌拾草堂，就不會再有人拿大把銀子供他揮霍了，所以對草藥的事，他還算上心，便滿口答應下來，也真的來取了。

可是，顧晚晴拿給他的哪是什麼秘本，只是幾本尋常的藥經而已，重點是夾在其中一本裡的一張圖，那圖折得小小的，顧晚晴本還擔心顧宇生沒有發現，可從他這次爽快的過來取書看來，又不像。如果顧宇生沒有發現書裡的玄機，那麼幾本尋常的藥經，當然不值得他再跑一趟，現在他既然來了，便是已有發現。

顧宇生來的那天，顧晚晴特地又讓葉顧氏帶姚采織去了鋪子，白氏也不知怎麼和姚采織說的，姚采織居然穩當了不少，就是偶爾看向顧晚晴的時候會報以惡毒的目光，似乎一切都源自於顧晚晴的算計一樣。

事實上，顧晚晴也真的在算計她，並且，才剛剛開始。

「書在我屋裡，妳去取來吧。」顧晚晴支使著白氏。

白氏照例沒說什麼，低眉順目的就去了。

倒是顧宇生，目光追著白氏的背影飄了良久，這才向顧晚晴問道：「上次那些書……妳是從哪得來的？」

顧晚晴知道他這是想試探自己知不知道書裡另有玄機，便裝傻道：「有一次去書店，店僮向我極力推薦的，還說是什麼孤本秘本，現在存世量已經很少了，我想著你可能有用，就買了來，花了我不少銀子呢。」

「那妳看了？」

「看了啊，我還抄了一套留著以後看呢。」顧晚晴好奇的探過身子，「怎麼樣？是不是真的好啊？你知道我有關醫術的記憶都丟了，什麼是好的、什麼是壞的都分不清了。」

顧宇生聽罷若有所思的，好半晌才想起來問道：「對了，妳那個繼妹呢？怎麼總不見她？」

顧晚晴聳聳肩，「誰知道，我明明說你今天來了，她娘還把她打發到鋪子裡去了，平常都是她娘去的……」說到這，顧晚晴笑著看看他，「說不定是你花名在外，她娘怕你害了人家姑娘。」

顧宇生「嘁」了一聲。這時白氏回來，顧宇生也就沒往下說。不過顧晚晴留意到，他的一雙眼睛有意無意的總往白氏身上瞄。

白氏或許被他看得有些不自在，進屋放下書就出去了。

顧晚晴搶在顧宇生之前把那幾本書拿起來，「我前天又去那家書店，店僮說這幾本是接著上幾本出的，我還沒看呢，你先拿回去吧。」說著她隨便翻了翻書，一張折好的宣紙從書中掉了出來滑落在地，她「咦」了一聲，「這是什麼？」說著就要去撿。

她的語速快，但動作實則是沒跟上。顧宇生見了那紙便急著衝過來，搶著撿了起來，打開瞄了

一眼。

「是什麼？」顧晚晴作勢要看。

顧宇生連忙後退一步，「一些注釋而已，肯定是拿來當書籤使的……」說話間，他順手將紙收入袖中，神情才又變得輕鬆起來，「我說六妹妹，妳八成是被騙了，上次那些也不是什麼孤本，就是一般的藥經而已，這次這幾本更離譜，還有注釋，想來不是新書，早有人看過了，又賣給妳。」

聽他喋喋不休的，顧晚晴也覺得很樂，他收起來的那紙上畫著什麼她再清楚不過，那是依著白氏的容貌畫的春宮秘戲圖，傅時秋一共差人送來五張，她挑了一張內容最多、體位最精彩的夾在了書裡。

兩次送書，都是經白氏的手拿過來的，其中又有引人遐想的圖畫，這次的更是與白氏的面容有六、七分相像，拿書的人會怎麼想？會不會認為，書裡的圖正是白氏所藏，暗中傳遞著不欲為人所知的意圖？反正不管別人信不信，顧晚晴是信了。

送走了眼角眉梢都彷彿綻著桃花的顧宇生，顧晚晴覺得自己的計畫算是成了一半，另一半嘛，白氏不太配合，那麼，她就應該好人做到底，再幫白氏一把。

第七十一章

【助人精神】

這天，顧晚晴要去天濟醫盧查看下次比賽的內容，就出了家門。只見傅時秋坐在門口石階上，咬著扇子柄，萬分糾結的模樣。

「哎，」顧晚晴用腳挨了挨他，「擋道了啊。」

傅時秋站起身來，剛想挪地方，又站住了，拿扇子敲了顧晚晴的頭一下，沒好氣的道：「一天不虧我妳是不是能死啊？」

顧晚晴大笑，「不能死，會無聊。」說著她下了石階，指著他的馬車說：「正好送我去天濟醫盧，省車錢了。」

傅時秋無語的跟上，示意同來的傅樂子趕車，前往天濟醫盧。

傅樂子也挺無語的，越發覺得自家王爺越來越性格了，要是以前，誰敢這麼和他說話？要虧也是他虧別人，一張嘴有時候損得連太子都受不了他。現在？

搖搖頭，傅樂子認命的抖動韁繩，昨天倚翠樓的兩個姐姐還送來銀子請他喝酒，問他王爺什麼時候再去，現在看來，遙遙無期了。只不過……倒也找個好的啊，一個潑婦……唉！

傅樂子長嘆一聲，他家王爺這眼光，可太差了！

再說傅時秋，在車裡等了半天，就是等不到顧晚晴開口，最後他實在繃不住了，咳嗽一聲，「圖怎麼樣？」

「不錯不錯。」顧晚晴連連點頭，「回去好好賞賜一下那個畫師吧。」

傅時秋聽完後等了半天，見顧晚晴沒動作，便伸出手去，遞到顧晚晴面前。

「幹嘛？」顧晚晴仔細看了看他的手掌……

「你生命線挺長啊……嗯，婚姻不太順利……」

「賞錢！」傅時秋沒好氣的收回手，「不是打賞畫師嗎？畫是給妳的，當然得妳出錢啊！」

顧晚晴盯著他眨了眨眼，突然轉過身去挑開車窗窗簾，指著外頭感嘆：「今兒天氣不錯啊……」

「顧還珠！」傅時秋拍了自己的額頭一下，倒回去靠著車廂，「我這是積了哪輩子的德啊……」

「誰讓你之前無故偷襲我？」顧晚晴朝他亮了亮自己的手腕，「看見沒？都是你欠我的！」

其實她的腕上光光潔潔的，早沒有痕跡了。

傅時秋看著她的手腕，忽地將她的手抓了過去，探頭過來作勢要咬……

不過，最終也沒咬下去。

「怎麼不咬啊！」顧晚晴撿起他的扇子打了他一下，「你再咬我，我就再多虧你幾年。」

傅時秋朝她齜了齜牙，空咬了一口，牙齒相碰發出清脆的聲音，又抬眼看她，笑笑，「捨不得了。」

他的神情十分認真，眼中也沒有調笑的意味。接收著他的目光，顧晚晴覺得自己的臉莫名的熱了起來，連忙收手。可傅時秋卻似故意一般，緊抓著她的手腕不放。

顧晚晴連扯了兩回，傅時秋都不放手，乾脆就放棄掙扎，認真的問他：「你在調戲我嗎？」

寂靜……

看著顧晚晴嚴肅的神情，一股濃重的挫敗感籠遍傅時秋的全身，他撒了手，無力的嘆氣：「妳可真會攪局。」她就不能嬌羞一點咩！

顧晚晴訕笑了下，收回手窩在肚子那。她抿了半天的唇，終於想起一個話題，忙道：「有一件事我想不明白，你幫我想想？」

傅時秋稍一挑眉，顧晚晴便將自己對白氏的懷疑說了，「你說……如果她的肚子真的有詐，怎麼不怕跟我去看大長老呢？」

傅時秋嘆了口氣。

他很久沒嘆得這麼無奈了，準備了一早上的勇氣，這會全散了。

「嗯……我想想……」他理清思維，重新回想了一下顧晚晴所說的事，指尖在膝上敲了敲，「很簡單，她只要不讓大長老見到這個孩子，不就得了？」

「嗯？」顧晚晴一時沒反應過來，撓了撓頭，樣子有點挫。

傅時秋翻了個白眼，「總之妳這幾天和妳娘都繞著她走，不論她出什麼事都不要近身，免得無緣無故的惹禍上身。」

「你是說……」顧晚晴猛地瞪圓了眼睛，又糾著眉頭想了半天，一拍大腿，忿然道：「我就說嘛！肯定沒有好事！」

如果白氏的孩子突然掉了，那就誰也說不清這孩子的出處，如果再將流產這事賴到她或者葉顧氏身上，到時候可真是件麻煩事了。

「行了行了，不用這麼激動。」傅時秋萬分同情的看著她，「妳使起壞來倒是夠損的，就是反應太慢，乾脆妳僱用我當師軍得了。」

顧晚晴默默一想了想，「我可沒錢給你啊……」

「妳怎麼這麼小氣啊？」傅時秋這生氣啊！不過……最後還是認命的垂下肩膀，「我義務幫忙。」

顧晚晴一下子就樂了，朝他擠眉弄眼的，「你就直接說你八卦得了。」

傅時秋暫時不想和顧晚晴說話了。

到了天濟醫廬，顧晚晴跳下車去，朝車上的傅時秋揮揮手，「謝謝你啊。」說著也不停留，三步兩步跑進醫廬去了。

馬車上，傅樂子遞給傅時秋同情的一眼，剛張了張嘴，頭上就冷不丁的挨了一掌。

「閉嘴！」

我還沒說呢……傅樂子覺得自己有點冤。

顧晚晴呢，飛奔進天濟醫廬後一路小跑，跑到氣喘吁吁了才停下，不住的呼氣。

這回十有八九是真的了，她看了看被傅時秋抓過的那隻手腕，腦子有點亂，一時間也不知道自己到底是怎麼想的。

上次她倒是分析過傅時秋可能對她有意思，但那只是「可能」，現在則是有七分肯定了。

說老實話，顧晚晴對傅時秋的第一印象不太好，但這麼長時間相處下來，感覺還是不錯的，可是，也僅限於此了，對傅時秋……或者說對任何一個男人，她都沒想過太深遠的事，所以無從確定自己對傅時秋到底是什麼感覺，最要緊的，是她根本不知道傅時秋為什麼對她有意思，圖她能打嗎？

不過，想到他剛才在車裡拉著她的手，她又有點臉紅，不過她很快以手做扇搧了搧風。

別在意別在意，那種事，他肯定常做吧！

正當顧晚晴糾結下次見到傅時秋要以什麼態度相對時，身後傳來柔柔的一道聲音：「六妹妹，怎麼站在這？」

不用看，也知道是顧明珠。

顧晚晴對顧明珠的印象自阿獸那件事開始本來就已經變壞了，現在又認定她是顧長德心中屬意的天醫人選，定然與顧長德有些密謀之事，說不定還會牽扯到如何利用自己，故而對她越發沒有好感了。

「五姐姐，真巧啊。」顧晚晴客套了一句。

顧明珠卻似乎沒有察覺到什麼，依舊像以往一樣，過來挽住顧晚晴的手，慢慢向前走去，「姐姐還沒恭喜六妹妹，竟然能破格晉級，選拔至今，還沒有過先例呢。」

自從上次與大長老談完話後，顧晚晴根本沒來看結果，她知道自己肯定會過關的。後來聽葉昭陽帶回的消息，果然，公布欄上說顧晚晴的解毒結果堪稱完美，但顧長生是全場第一個解了毒的人，並且成效顯著，故而予以同時晉級，這樣下一輪的參賽選手就變成了二十六人。

「下一場還是淘汰賽，不過是由長老們出題，」顧明珠說著話，面色上蒙上一層憂色，「聽說這次的題目不簡單，唉。」

她的模樣，就像是對自己毫無信心一般。

顧晚晴笑了笑，「五姐姐何必擔心？反正妳是一定會晉級的。」不說她有沒有這個實力，只說顧長德，也無論如何都不會讓自己屬意的人選被提前刷掉的。

顧明珠微微一怔，而後笑容如昔，「妹妹取笑我了。依我看，這次的天醫人選不出意外的話，一定會落在長生身上了。」

「那也不一定。」顧晚晴只說了這一句，然後也朝顧明珠一笑，並不多說了。

顧明珠卻好像沒有聽懂，笑著說：「倒也是，妹妹一路過關斬將，人人都說妹妹已經恢復了醫術，說不定決賽之時表現出色，又能重登天醫之位了。」

顧晚晴繞了個大圈，總算是聽明白了，顧明珠這是在試探她，試探她對天醫有沒有什麼想法。想到這，她有意嘆了一聲，「要是以前嘛，我倒還敢想想，但是現在……」顧晚晴左右看看，有意將聲音壓得極低，「五姐姐，我只對妳說，妳可千萬別傳出去，其實我哪恢復了什麼醫術？都是在長老有意安排，畢竟我之前是天醫的繼承者，他不想我太過丟臉罷了。」

顧明珠面現驚詫之色，似是沒想到顧晚晴會與她說這件事。錯愕之後，她小聲的開口道：「當真？」

顧晚晴點點頭，「長老都與我談過了，有他護航，我會晉級到決賽，然後敗給未來的天醫。這樣既能保證顧家的參賽者多占一個名額，又能抬高我的名聲，將來再對外宣稱我醫術已復，顧家的實力不就能更勝一層了嘛！」

說到這裡，她輕嘆一聲，「我知道因為以前的一些事，姐姐對我多有避讓，擔心姐姐不願發揮真正實力與我對戰，到時候誤人誤己，這才將事情說出，希望姐姐能無負擔的參賽。姐姐放心，我已經不再是以前那個不講理的顧還珠了。」

顧明珠沉默了一陣，始終沒有說話。

顧晚晴便又囑咐道：「這事關我們顧家的顏面，姐姐可千萬保密。」

顧明珠之前表現得不溫不火，無非是想坐山觀虎鬥，待得兩敗俱傷之時再一舉出擊，顧晚晴怎會讓她如願？早早表明立場：我，是註定要被淘汰的，妳，自己看著辦吧！

第七十二章

【初顯成效】

與顧明珠相偕來到選拔場，那裡的公告已經貼了出來，下次次選拔賽的內容是考針灸術，這次留給學員準備的時間跟上次一樣，要二十天後才會開始。

要說醫理藥理還可以死記硬背，解毒製藥也可靠她的異能過關，那麼這次針灸術的考驗顧晚晴就完全不在行了，而且無法速成，不過她相信大長老一定有辦法讓她過關。

顧晚晴只簡單記了選拔的時間，連規則都沒細看就離開了。

出了選拔場沒多久，顧明珠追上她，不無羨慕的道：「六妹妹果然信心十足。」

顧晚晴笑了笑，「我是對大長老有信心，他不會讓我中途退場的。」她語氣隨意的果真沒有絲毫擔心，又看著顧明珠說道：「妳回家嗎？我想去見見大長老，妳若是方便，載我一程？」

顧明珠自然答應。

待二人上了車，顧明珠又問起葉家的情況，最後道：「我母親身邊的姚婆子今年剛得了孫子，便與我母親請辭，說是身上多有病痛，趁機想辭了差事回家頤養天年，我母親准了，但身邊總是少了個得力又靠得住的幫手，我便尋思到了葉大娘。」她一邊說一邊看著顧晚晴的神色。

見顧晚晴並沒有不高興的意思，顧明珠這才繼續說道：「我知道葉大娘是妹妹的義母，不應叫她回府中當差，不過姚婆子之前是管著廚房大庫的，府中倒也沒人敢小瞧，若是再由妹妹的義親來擔任，斷然是不會受什麼委屈的。」

說到這裡，顧明珠抿了抿唇，輕握住顧晚晴的手柔聲道：「姐姐再說的話可能有些功利，但妹妹不妨一聽。妹妹現在雖然自由在外，但早晚還是要回府裡來的，妹妹離開這麼久，若無根基，重回顧家只會遭一些勢利小人的欺負，何不讓葉大娘提前回來熟悉熟悉環境，也好為妹妹的將來打些根基。」

這些話，顧明珠說得清晰而快速，既讓顧晚晴聽得明白，又不給她足夠的思考時間。

顧晚晴在顧明珠開口讓葉顧氏回顧家起便明白了她的意圖，只是顧晚晴沒有想到，顧長德居然會這麼大方，為了吸引葉顧氏，為了能間接綁住她，竟甘心將廚房大庫的位置讓出，須知但凡內宅爭鬥，大廚房都是兵家必奪之地，廚房大庫的地位自然跟著水漲船高，又者，深宅大戶之中名貴補品不斷，出庫入庫之間，分派損耗之間，把持大庫的主事者都可便宜行事，之間的好處自然不言而喻。

顧晚晴突然覺得好笑，自大房出了偷龍轉鳳的醜事後，顧府的內宅是由二房主母洪氏主持，三房主母夏氏從旁協助，府中的大廚房自然應是在洪氏的掌控之下，怎地現在顧明珠說的是她母親身邊的人在管大庫？這些事顧晚晴以前都是不怎麼留意的，現在看來，顧家後宅也並不像看上去那般平靜。

顧晚晴不得不承認顧明珠說得有理，若以後她回到顧府，她那位母親自然是指望不上的。顧長德與大長老，可以利用，但他們畢竟管的不是內宅，縣官不如現管，在後宅，一切還是得聽當家的，如果沒有根基，對她將來也是個限制。只是，顧長德為拉籠自己又要三房讓出大庫的鑰匙，這便將三房得罪了，他是家主自然沒人敢與他為難，可葉顧氏一無靠山二無群眾基礎，去了還不是只有被欺負的分？

「這件事，聽著倒不錯。」顧晚晴心中有顧慮，臉上卻是掛著些許驚喜，「反正我義母支活著那個鋪子也不怎麼賺錢，要是府中有合適的差事，讓她去就再好不過了。」

顧明珠顯然鬆了口氣，「這麼說，六妹妹答應了？」

顧晚晴剛點了下頭，突然又皺起眉來，躊躇道：「我倒是想答應，畢竟這麼好的差事，不過我義母那邊……」

「只要妹妹開口，我想葉大娘不會反對的。」顧明珠笑著應對。

「五姐姐有所不知。」顧晚晴嘆了一聲，「以前倒是沒問題，不過近來我家妖精登門，我義母每天看著那妖精都來不及，要她進府去長住，她哪放心啊！」說罷，顧晚晴將白氏的事添油加醋的說了一遍，末了滿臉忿然之色，「妳說氣不氣人！」

「這……」顧明珠似乎想到了什麼，不過轉眼就把話題帶開了，並未就此事發表看法，只說道：「六妹妹回家再勸勸葉大娘吧。實在不行，妳去求二伯讓他准妳義父也進府當差，這不就行了嗎？」

顧晚晴點點頭，「也只好如此了。」雖這麼回答著，顧晚晴心裡卻萬分遺憾，她本想順水推舟將這事推給顧明珠與顧長德，讓他們去應付白氏，不想顧明珠太過警惕，連句模稜兩可的話都沒有，直接推回來。

不過饒是如此，顧晚晴也不是沒有收穫，既然已經知道了顧長德想要拉攏她的意圖，那麼便要為自己想一個最有利的對策。廚房大庫顧晚晴是不會讓葉顧氏接的，那裡聽起來是個美差，但對葉顧氏來說，恐怕實惠沾不著，還會成為眾人打壓的首要目標。

兩人一路聊天，很快便到了顧家，顧晚晴拒絕了顧明珠一起去見顧長德的提議，直奔長老閣而去。

還是上次的那個偏廳，等了大半個時辰後，顧晚晴再次見到了大長老。

「妳今天來做什麼？」大長老不緊不慢的端起茶碗，好像對她的事不太上心。

顧晚晴答道：「我對下次考核的內容沒有信心。」

大長老頭眼不抬，吹了吹茶沫，又抿了一口，才略皺著眉道：「我們既已有了共識，妳便應明白，妳是一定會過關的。」

顧晚晴聽到這，突地轉身至門邊，將所有門窗全部關閉，又回到原地，一曲膝，跪在當場。

大長老終於抬頭，「妳這是做什麼？」

「請大長老收我為徒。」顧晚晴的神態說不上恭敬，但無比嚴肅。

「收妳為徒？」大長老瞇了瞇眼睛，「妳想入長老閣？」

「不。」顧晚晴抬起頭來，直視大長老的雙眼，「我不想入長老閣，我以後還想招婿生子，還想共用天倫，我的人生不可能只有醫術，但我想學醫術，只有擁有醫術，我才能不被人嫌棄，才能真正的做回顧家六小姐！」

「沒有出息！」大長老怒斥一句，站起身來，再不看顧晚晴一眼，拂袖而去。

大長老前腳出門，顧晚晴後腳就站起來了，也不多留，叫了轎子出顧府，回家。

不是她沒有堅韌的品格，而是她覺得，像大長老那麼有個性的人，根本不可能因為有人跪個一天兩天的就受感動，既然不可能，她就不殘害自己的膝關節了。

第二天，顧晚晴依舊同一個時間來到長老閣，求見大長老。大長老不見她，她就轉身回去。第三天仍是如此。不過第四天她沒去，因為她有更重要的事情要做。

說話間離她編造的「二叔的壽辰」已越來越近了，傅時秋也已經明示，這段時間白氏要有動作，要顧晚晴離著她遠點。其實，若是白氏真弄掉了孩子，顧晚晴倒也省心了，直接趕出去了事，但她禁不起這事的噁心，不出這口惡氣，她心頭的火消不下去！所以，才會有今天的行動。

這天一早，顧晚晴就帶姚采織出了門。在外閒逛一陣後，她便去了上次與傅時秋約見過的那間茶館喝茶。

顧晚晴仍是選擇在二樓臨窗的位置，這裡視野好，下邊發生什麼事都一目了然。

時近中午，顧晚晴眼見著傳樂子從遠由近的跑來，拐進對面的酒樓去了，而後不久，四、五個雄糾糾氣昂昂的彪形大漢由酒樓魚貫而出。顧晚晴算著時間，感覺差不多了，就結帳，領著姚采纖出了茶樓，往自家方向去。

她一邊走，一邊聽著周遭的動靜。走了一會，便看見前面胡同口圍了不少人，一輛華頂馬車停在邊上，車上連個車夫都沒有，只草草將馬繫在了路旁的柳樹上。

姚采纖見了那馬車登時雙眼放光，眼睛溜了一圈也沒見著人，就開始不著痕跡的往人群裡擠，還招呼顧晚晴：「姐姐，我們看看有什麼熱鬧。」

顧晚晴就是領她來看這熱鬧的，怎會不依，只是口中仍是唸叨了幾句，以示自己的不滿。

姚家姑娘別看纖瘦，抗擠壓能力極強，反正顧晚晴是擠到半途就擠不進去了，只能在人群中踮腳往胡同裡看。而姚采纖呢，已經順利搶占到第一排，VIP席了。

顧晚晴的位置雖不太好，但踮著腳也能看到一點。胡同裡數個大漢正在對峙。那幾個大漢便是先前顧晚晴看到的那些個，此時卻像是醉了，正一個勁的嚷嚷讓對面的人快把美人放了陪他們喝酒，而那群大漢的對面是三、四個家丁似的大漢，自然不退。

精彩的是，在那幾個家丁大漢身後又另有兩個倚偎的身影，一個只著中衣，對懷中之人半摟半抱安撫輕哄的，正是風流倜儻顧宇生；一個釵橫鬢亂衣裳不整，披著一件男裝伏在他胸前哭得梨花帶雨的，輾轉間看見其容貌，竟是白氏。

白氏本就生得標緻，此時更是柔弱得惹人愛憐，其豐潤的身段又有別於青澀女孩，對男人來說，自是另有一番味道。

這回還不成？顧晚晴盯著頭排的姚采纖，眼見著她紅潤的面頰轉為蒼白，心裡冷笑了一聲。

正當這時，顧晚晴只覺腰上一緊，一條手臂已將她緊緊纏住，接著耳邊傳來帶著熱度的曖昧低語：「戲好看嗎？要怎麼報答我？」

第七十三章

【半個圓滿】

顧晚晴挪了挪身子，想躲開腰上的手臂，無奈京城百姓八卦熱情高漲，人都擠實了，根本沒地方躲。

「出去說話。」顧晚晴指了指人群之外。

傅時秋倒是擠得挺樂呵，「沒事。就在這說吧。我不怕擠。」

顧晚晴白他一眼，轉過頭去繼續看熱鬧。

VIP席的姚采纖顯然受了不小的打擊，呆呆的站在那，再不復剛剛擠進人群時那種乘風破浪的凌厲勢頭了。

顧晚晴扭頭與傅時秋說：「差不多了，散場吧。」

傅時秋有點遺憾，不過倒也痛快的鬆了手，盡力擠出人群，悶頭喊了一聲：「衙差來了！」

在這圍觀的都是尋常百姓，看熱鬧歸看熱鬧，可對和官府打交道都沒什麼興趣，一聽這話，怕離得太近被衙差帶回去問話做證人什麼的，於是紛紛都往外避，擠得水洩不通的胡同口立時鬆動起來。

胡同內挑釁的幾個大漢也都有了動作，罵罵咧咧的從胡同出來，看熱鬧的也沒人敢近他們的身，很快就從人群中消失了。

顧宇生也沒讓家丁去追，只讓家丁驅散眾人，下令時眉眼不抬，只顧低聲輕哄著懷中的白氏，更令站在前頭的姚采纖氣憤莫名。

就當姚采纖忿然的意圖上前時，手腕忽地被人抓住，她轉頭一看，卻是顧晚晴。

顧晚晴冷著臉，指尖抓得死緊，「回家，別在這丟人現眼！」

姚采纖哪裡肯甘休，奈何手腕被顧晚晴抓得生疼，硬將她拽出人群，拖著她往家裡走。

「還真是家賊難防！」顧晚晴有意使自己的聲音中充滿憤怒，「防得了小賊，防不了老賊！妳們母女倆都是一樣貨色！我說她今天怎麼不陪我娘去鋪子裡，原來是要上街勾搭男人！」

其實是因為月底將近，顧晚晴千叮嚀萬囑咐葉顧氏離白氏遠點，所以葉顧氏這幾天都沒有讓白氏陪著去鋪子，可是經顧晚晴這麼一說，倒成了白氏有心為之了。

姚采纖的忿恨似乎從離開人群起就洩光了，任顧晚晴拉著，任她罵著，沒有絲毫回應，只是神情中有些不甘，又帶些委屈，快進家門的時候，眼圈居然都紅了。

顧晚晴罵完白氏，接著罵顧宇生：「那麼多年輕貌美的不要，非得撿雙破鞋！一個媚眼兒、說兩句甜話就勾走了，簡直像沒見過女人似的！」

說到這，她又看著姚采纖冷笑，「妳們母女打的好算盤啊！先是讓妳出來吸引我的注意，等我防著妳的時候她再暗地裡勾搭，怪不得那天晚上過來跟我表決心，說妳身分低配不上我四哥，妳們也不想高攀，敢情妳們商量好的！哪是妳身分低！是妳輩分低！她給妳找了個小爹！」

顧晚晴越罵越難聽，在院子裡罵了好一陣子。

姚采纖就呆呆的聽著，越聽，越有泫然欲泣之意。

「妳幹什麼做這麼噁心的表情！」顧晚晴哪能這麼輕易放過她，「別和我說妳娘的噁心勾當妳絲毫不知！哪那麼巧她就能碰上那幾個醉漢調戲她？哪那麼巧她就能等到我四哥英雄救美？他們就那麼有緣？」

說到這裡，顧晚晴怒得打翻了院子裡擺著的一件盆栽，又深深吸了幾口氣，臉上的怒意才算稍解，咬著牙對姚采纖說：「說真的，我寧可今天我四哥救的是妳，也不願意看到這麼噁心的場面，她肚子裡還有個孩子！她也真夠無恥了！不行！」顧晚晴說著就往外走，「我得去揭穿她，讓我四哥看清她的真面目！我要把妳們送官！妳們就等著浸豬籠吧！」

一直處於停擺狀態的姚采織直到顧晚晴出了大門，才算清醒了一點。雖然不願意相信顧晚晴的話，但在她心底，多多少少還是信了，原因無他，因為她和白氏是母女，對白氏瞭解甚詳。

想當初她和白氏在村子裡的時候，白氏在人前雖然保持著貞潔烈女的形象，但私下裡為了生計沒少運用手段，否則只憑她們孤兒寡母的，誰願意和她們做生意、收她們的草藥？

本來白氏與那藥行老闆勾搭已久，原是想給那老闆做小的，誰料那老闆為了自家生意，竟騙白氏去會見外地的一個藥商，並趁著酒勁吃乾抹淨占盡了便宜，事後那藥商一走了之，那老闆對白氏也多有疏遠，就在這時，白氏發現自己的信期未至。

白氏是寡婦，與人暗中勾搭，對信期之事本就敏感，這又遲了十餘日，她幾乎可以斷定是那藥商的。白氏倒有心去尋那藥商，可她守寡而有孕，正是極不被世人所容之事，心中也明白縱然找到那藥商，那藥商也多半不認，若是鬧大了，她討不到絲毫便宜，說不定還會因此被抓去浸豬籠，當下便打消了這個念頭。

原本白氏欲將孩子悄悄打掉，正巧碰到村裡獵人老鄭的媳婦出來打酒，因白氏表面功夫做得到位，村裡的女人對她很是同情，遇見她便也多聊了兩句，言語中便提到葉明常來作客。

白氏以前倒是聽說過葉明常的，知道他是個老實人，聽說他在京中置了房產，又有個鋪子做營生，當下她心中一動，反正在村子裡她已經沒有退路了，就算打掉了孩子，也再不可能嫁給那藥行老闆做小了，還不如委屈委屈自己，利用自己的肚子，求個依靠。

白氏有了這個打算後就去設計了一場意外與葉明常相遇，之後便暗中觀察葉明常，見他果然老實又本分，心就放下了一半，老實的男人多半是好擺弄的。不過她也沒唐突的繼續執行計畫，而是暗地打聽了葉家在京城的住址，偷偷的觀察葉顧氏，一見之下，白氏的另一半心也放下了，沒別的，葉顧氏雖然能幹，但年老色衰，哪能比得上她！

至此，白氏便一心一意的向自己的目標邁進，雖然葉明常不是什麼上佳的對象，但好在還薄有家產，她的年紀也漸漸大了，找一個安安穩穩的出路也就得了。她原意是想讓葉明常發現她的身孕，這樣便可順理成章的要他負責，他家中老妻色衰，自己又懷有身孕，很有可能爭來的不止是小妾，而是平妻，

但是顧晚晴的出現打亂了她的計畫，她也看出顧晚晴不是什麼善人，連夜做了決定，趕到京城對葉顧氏坦白一切，搶先進駐葉家，不給顧晚晴反擊的機會。

白氏所做的一切都沒瞞著姚采纖，也沒法瞞，不過姚采纖也不覺得這樣有什麼錯，自小被人欺負長大，直到白氏靠上了那個藥行老闆，她們母女的生活才漸漸好轉，便從心裡覺得這是對的，但是，離她的生活標準還有很遠的距離。

姚采纖受的最大的刺激，便是見到兒時的玩伴嫁到京中一戶人家為妾，隨後回來探親時，那玩伴不僅穿戴華貴，還有兩個丫鬟服侍，聽著那兩個丫鬟「姨奶奶、姨奶奶」的叫，姚采纖便久久不能平靜。她也想穿新金戴銀，她也想有人服侍，論容貌，她比那個玩伴強上不知多少；論身材，那個玩伴也比她胖得多了，為什麼不是她去享福？不就是因為她的家境太差，連給人為妾都沒有資格嗎！

從那時起，姚采纖便日日夢想自己富貴後將要過的生活，她不想留在小村子裡，她不想像她娘一樣靠上了一個小藥行的老闆就覺得知足，她覺得自己的發展空間很大，於是在得知了白氏的計畫後，舉雙手贊成，不為別的，只因她可以離開那個她待得厭惡的小村子，可以去京城尋找她的未來了。

只不過，她和她娘一樣，都沒料到顧晚晴這個變數。初到葉家時，葉顧氏給了她十兩銀子為白氏置辦東西，那幾乎是她這輩子見過最多的錢，還有那些軟順滑手的衣裳，金光耀眼的首飾……雖然葉家並不富貴，但那時的她，從沒有過的滿足。當然，那開心只存在了那麼一天，之後的事情，被稱之為「惡夢」也絲毫不為過，因為她遇上了一個潑婦。

打了個激靈，姚采纖不願再回想這段時間自己受過顧晚晴多少打罵，但想到顧晚晴臨走前說的話，心裡還是有點害怕，也顧不得生氣了，小跑著出去，去尋顧宇生那輛華頂馬車。

顧晚晴是個潑婦，潑婦說要報官，十有八九會去報的，到時候只要稍加調查，白氏以前的事就未必能瞞得住，到時候別說什麼榮華富貴，恐怕真要被浸豬籠了。

應該說姚采纖還是比較理智的，明白自己和白氏是榮辱共同體，任何一個出事，另一個都絕對會受到牽連，所以這次的事，不管是白氏有心抑或無心，她寧可硬忍下這口氣，也不能讓白氏出什麼意外。

姚采纖奔出大門沒一會就跑得沒影了。過了一會，院牆拐角處探出兩個腦袋。

傅時秋滿面佩服的說：「還真讓妳猜中了啊，她是去找她娘商量對策了？她也甘心？」

顧晚晴哼哼一笑，「這才剛開始，她現在忍了這口氣，以後才精彩。不過……和我們家就沒什麼關係了。」以顧宇生那麼憐香惜玉的脾氣，怎會看著姚妹妹暗自神傷呢？

「這真是最高境界啊，不和她們鬥，而是要她們心甘情願的走……我才發現，」傅時秋睨著她，「妳不進後宮去攪和攪和還真可惜了妳這人才。」

顧晚晴想了想，嚴肅的搖了搖頭，「我要是入宮，兩天半就得死無葬身之地……」說罷看了看傅時秋，一副「你懂的」神情，「誰讓我反應慢呢。」

傅時秋再次無語，這心眼小的……要不要把他說過的每句話都記住啊！

「怎麼樣？要不要去看看？」傅時秋搖了搖扇子，「妳堂哥這麼久也沒把白氏送回來，八成是有什麼精彩的事發生了。」

「沒興趣。」顧晚晴撇撇嘴，「我嫌噁心。」

整件事從白氏肯趴在顧宇生懷裡痛哭起就發生了質的變化，被調戲可以，救人也可以，安撫什麼的更可以，但沒人規定安撫一定要抱在一起吧？結果也可想而知，顧宇生那個大色魔，面對一個半遮半掩嬌弱可憐還「幾度三番對他明示暗示」的美少婦，會忍得往不動手？只要他動手，那她想不出白氏有什麼反抗的餘地，唔……頂多是半推半就，再不然就是放餌釣魚，不能讓他一次得手。

顧晚晴更感興趣的是白氏要如何解釋孩子這事，由於她的刻意迴避，顧宇生並不知道白氏已有身孕，否則就算給他再大的便宜，他也不會動白氏一根毫毛，白氏也應該明白這個道理。顧晚晴猜，她現在會不會在為沒有及時打掉這個孩子而後悔呢？

「這件事現在算是半個圓滿了，以後就不用我費什麼神了。」顧晚晴舒了口氣，「我還得去顧家，你自便吧。」

「去那幹嘛？」傅時秋半點走的意思也沒有，「為天醫選拔那事？」

顧晚晴搖搖頭，「那事啊，我多半是沒戲了，下一場考針法，我輸定了。」

「我覺得妳針法不錯啊。」傅時秋摸著下巴想了想，「上次妳幫我扎的那針……」說到這，他猛然住了口。

上次顧晚晴在他後背扎了一下，他復發的心疾竟奇蹟似的好轉了，連為他看診的太醫都連連稱奇，不過，他並不覺得那是針術神奇的緣故，而是因為，面對的是顧晚晴，所以他的心願意好轉。不過這話，現在似乎不適宜說出來。繼上次表白失敗後，他就不太敢嘗試了，尤其今天都有肢體碰觸了，這妞也沒什麼臉紅的樣子，讓他倍感挫折。

「唔……還是很不錯的。」

「不錯有什麼用？」顧晚晴長嘆了一聲，「和你直說了吧，天醫已經有內定人選了，其他人都是走個過場，包括我，我再怎麼學，再怎麼練，就算我真的比所有人都強，都沒用了。」

「妳……很想做天醫？」傅時秋突然又變得笑嘻嘻的，「天醫有什麼好？每天忙得要死，聽說還不能嫁人，要是我，躲還來不及呢。」

「但我不是你啊。」顧晚晴低下頭去，不與傅時秋對視，「我原本就是該做天醫的，從小學的就是怎麼去做天醫，放棄天醫之位並非我的所願，如果有機會，我當然想把它拿回來！只是……大概是沒機會了，不過我不甘心，總是想試。」

說這些話時，顧晚晴始終沒有抬頭，直到許久之後，她才抬起頭來，看著傅時秋咬著唇角若有所思的模樣，眼中迅速的閃過一絲歉意。

第七十四章

【主動求去】

「這種事妳都告訴我，就不怕我洩露出去，虧了顧家的名聲？」傅時秋唇邊掛著笑，有點得意。

顧晚晴「嘁」了一聲，「什麼了不得的事？」

顧家選拔天醫說白了只是顧家內部的事，來參加的人也都明白顧家是絕不會將天醫的位置交給外人的，大多抱著切磋交流的想法，雖然倒是也有不信邪的，但顧家子弟的實力也確實強悍，除了她，都是有真本事的。

傅時秋卻依舊得意，他得意的不是選拔內幕這件事本身，而是因為顧晚晴願意將這件事告訴他。

「既然明知如此，妳還去顧家做什麼？」

「去拜師啊。」顧晚晴倒負著雙手，邊走邊道：「如果我能成功拜大長老為師，不僅能學到醫術，說不定還能成為天醫的修補人選，到時候萬一內定人選有個頭痛腦熱的，我就能頂上了。」

「想得美吧！」傅時秋敲了顧晚晴的頭頂一記，「行了，妳去吧，家裡的事有什麼後續，記得告訴我啊。」

顧晚晴翻了個白眼，就這樣子，還說自己不八卦！

與傅時秋分手後，顧晚晴便朝顧府而去。葉家離顧府不遠，兩條街而已，也沒用多長時間。因為這幾天顧晚晴常來，門房都有準備了，遠遠的見著顧晚晴便叫了轎子，等顧晚晴進了大門，那邊小轎早已備好了。

顧晚晴自然察覺到了這種態度上的轉變，不過她再不會覺得這是大家對她有所改觀才會改變態度，她更願意相信這出自於顧長德的授意。

或許這是一個進步，但顧晚晴並不喜歡。

坐著轎子一路朝長老閣的方向而去，顧晚晴閒著無聊，便撩開轎簾，和外頭的婆子說話。外頭跟著的孫婆子正是顧晚晴第一次回來時接待她的那個，幾次接觸下來，顧晚晴覺得她雖然有點心眼，但不乏熱情之處。

「在府裡的差事覺得還好嗎？」

孫婆子忙道：「好，只是跑跑腿，也不用做什麼體力活，工錢還不少……」

「行了。」顧晚晴笑著擺手，「我又不是二嬸派來審查妳的，不用一直戴高帽，我只是隨便聊聊，我有個親戚想進府裡做事，想找個輕閒的地方，但又不知道哪個位置合適，我就幫著打聽打聽。」

孫婆子聞言放鬆了些，陪著笑臉說：「六小姐的親戚進府，肯定是要做管事的，我一個跑腿婆子，可不敢胡說了。」

「無妨，」顧晚晴讓轎子慢行，與孫婆子道：「妳就與我說說。如果是給妳換地方的話，妳最想做府裡的什麼差事？」

孫婆子想了想，末了一笑，「想來想去，我這塊料，也只能做這跑腿婆子了。」

其實顧晚晴本是閒聊，順便打聽一下，沒想到府裡的人防範意識這麼強，一句口風也不肯露，看來她以後的修煉之路，還長著呢。

孫婆子不願說，顧晚晴也不勉強，到了地方就下轎走人，像前幾天一樣，求見大長老。

本以為今天還得繼續吃閉門羹，誰想大長老今天居然願意見她了，不僅見了，還見面就是質問：「今天怎麼來晚了？想要拜師學藝，卻連持之以恆都做不到，著實令人失望。」

顧晚晴失笑，「敢情您就是想看我持之以恆。沒問題啊，您給我個期限，我保證晨昏定省，一天也不耽擱。」

大長老不悅，背過身去看牆上的字畫。

顧晚晴一拎裙襬跪在原處，仍是一樣的說辭：「請大長老收我為徒。」

大長老充耳不聞，足站了大半個時辰沒動地方，最後也是實在堅持不住了，合計著那丫頭也跪了這麼久，算是教訓到她了，不想，轉過身來，竟見顧晚晴盤腿坐在地上，根本沒跪。

「妳這個……」大長老等不及教訓完，趕快去找椅子坐，他腳都站麻了。

「其實我清楚，大長老是不會收我為徒的。」顧晚晴雙手撐地，站起身子，「就算跪十天、跪一年，也沒用。」

大長老沉著臉不說話，腿麻。

「所以我也不打算用『誠意』來打動您。」顧晚晴走到大長老身邊，端起桌上早就涼透了的茶恭恭敬敬的遞到大長老面前，「我打算用『條件』來交換。」

大長老花白的眉毛輕輕抖動一下，不屑的輕哼，「我想不出，時至今日，妳還有什麼值得拿來交換的條件。」

「怎麼沒有？」顧晚晴笑笑，「顧明珠啊。」

大長老挑眉睇她一眼，隨手接過她手中的茶碗，輕錯碗蓋，並不說話。

顧晚晴便繼續道：「我可以淘汰顧明珠，以保顧長生的天醫之位。」

「簡直是笑話！難道長生不是明珠的對手？」大長老輕哼，「妳以為人人都與妳一樣，一無是處嗎？」

大長老說得難聽，顧晚晴也不以為意，仍是笑嘻嘻的，「您對顧長生自然是有信心的，但我看二叔對顧明珠也很有信心。顧明珠現在不顯山不露水的，說不定藏著什麼殺手鐧，大長老就不擔心？」說到這裡，她頓了頓，給大長老考慮的時間。

大長老仍是不為所動，「此次選拔，試題雖由長老閣與家主一同商議，但長老閣的話語權總是多些，到決賽之時，只要選取長生所擅長的……」

顧晚晴坐到大長老身邊，胳膊搭在旁邊的小几上，以手托腮，悠閒得像是在聊天氣，「如果您是二叔，會不瞭解您的想法嗎？其實從他們至今仍然如此鎮定看來，他們也是有對策的。」

大長老不語，神色間仍然從容淡定。顧晚晴知道大長老心中定然早有計較，絕不會像他表現的這般毫無準備，只不過他不說而已。

「不管妳怎麼說……」大長老將手中茶碗放至小几上，「我也不覺得妳有什麼條件來與我談判。」

「我只是和您商量而已啊。」顧晚晴無辜的一攤手，「我尋思著，現在您和二叔都明白對方是什麼想法，最後不管是誰做天醫，你們之間必然會有嫌隙，這對顧家的發展可是大大不利之事，為什麼不用另一種方法，既不用您與二叔當面對戰，也可讓您屬意的人選成為天醫？」

顧晚晴說著話，指了指自己，「現在，您和二叔都在想辦法拉住我，因為你們清楚，我是可以輔助天醫的。但，如果我想成為天醫呢？如果我不願與大長老合作，與您翻臉了呢？二叔定然會趁虛而入讓顧明珠接近於我，同我打好關係，如此我便有辦法在決賽的時候，讓顧明珠因故無法出席。這樣一來，二叔就算要怨，怨的也是我，認為是我假意合作行陷害之實，實則是為了爭奪天醫之位，與大長老是絲毫沒有關係的。」

在顧晚晴說話的時候，大長老就緩緩合上了雙目，直至她說完，才又慢慢睜開，伸手將小几上的茶碗端起，「妳又為何要如此行事？」

「我想拜大長老為師。」顧晚晴當即起身，復又跪倒在大長老面前，「我想學醫，成為一個真正的醫者，這樣我才能過我想要的生活。您可以不收我做弟子，只傳我醫術，我們的關係我絕不會向外透露半點。」

這番話說完，顧晚晴再不言語，跪在那等結果。

良久過後，大長老端起手中茶碗，輕一碰唇，之後，起身而走。

顧晚晴這才緩緩的、緩緩的長呼一口氣。看來明天她不用再來了。

這真是個好消息。

離開顧家的時候，天色已經暗了，顧晚晴再次回頭看了看遠處的天醫小樓，或許在不久的將來……她就能故地重遊了。

因為搞定了大長老，顧晚晴的心情十分不錯，走著回了葉家，又發現還有另一件喜事在等著她。

客廳中全家人俱在，白氏表情雖然愁苦，可面色紅潤，眼角含春，頸側隱隱的還現出一點讓人想入非非的紅痕。姚采織則是臉色蒼白，灰心頹然的模樣。她們兩個俱都跪在客廳之中，葉明常與葉顧氏坐於上位，葉昭陽陪在一側，臉上掛著笑容，顯然心情大好。

顧晚晴進了客廳見到的便是這樣一副情景。葉昭陽衝過來，口中連嚷：「姐，都等妳呢。」

「這是怎麼了？」顧晚晴走到白氏身側睨著她，哼哼冷笑，「妳可快活了啊。」

白氏立時伏低身子，「小婦人因一時糊塗，汙蔑了葉大哥，現在清醒過來，萬分羞愧，自行請罪，請大姑娘原諒。」

顧晚晴一挑眉，「怎麼糊塗的？說來聽聽？」

白氏低著頭，畏畏縮縮的樣子，又偷偷瞄了葉顧氏一眼。

葉顧氏便嘆道：「她也是個可憐人，在村子裡的時候有個仗勢欺人的惡霸，非要欺負她，又不願負責，她這才想出下策，尋思著只要嫁了人就能躲開那惡霸，一時情急，才找上了妳爹。」

「哦？」顧晚晴「驚喜」了一下，「這麼說，妳與我爹什麼事都沒有發生了？」

白氏以袖掩面，點了點頭，細若蚊聲的說道：「一切都是我的安排，我……我真是糊塗……原以為男人納妾不過是尋常之事，可來到這裡後，眼見著一個和樂之家因我變得愁雲慘霧，我這才明白自己錯得多麼離譜，良心實在難安，這才決定說出實情。」

「那妳肚子裡……」

「那……也是子虛烏有之事，來見葉夫人之前，我早事先買通了幾個大夫在附近，不管葉夫人找到哪個，都會證明我已經有孕。」

聽了白氏的回答，顧晚晴縱然早有準備，還是心中惻然，她這麼說，便是決心放棄那個孩子了，恐怕過不了幾天，她就真的沒有身孕了。

顧晚晴半晌不語的時候，白氏也相當緊張，她怕顧晚晴追究到底，或者找個大夫來給她診脈。要是現在請大夫來診脈，無論怎麼診，她還是喜脈，如果她懷有身孕這事被顧宇生得知，那麼，今天下午她欲拒還迎所做的一切，都沒了任何意義。

她倒是想及早解決，但時間來不及，只能聽從姚采織的提議，先從葉家退出來再說，以免繼續惹怒顧晚晴，最後雞飛蛋打，這才想了這麼一番說辭，希望能夠過關。

正當白氏緊張不已的時候，突聽顧晚晴冷聲道：「竟敢算計我們！妳們馬上走，再別讓我見到妳們！」

白氏猛地鬆了一口氣，她與姚采纖的東西早就收拾好了，再次拜別葉氏夫婦、再次道歉後，匆匆忙忙的離開了葉家。

看著她們走出大門，顧晚晴也鬆了口氣，她倒是想較個真，看看白氏如何收場，只是，她急於結束這件事，急於讓這個家再次恢復往日的安寧。而白氏母女縱然離開，怨忿的種子已然埋下，分崩在即，何必再爭一時之氣？

第七十五章

【過關斬將（一）】

白氏母女離開後，葉家陷入了一種奇異的沉默。

良久過後，葉顧氏苦笑著嘆了一聲，站起身道：「咱們準備吃飯吧。」

葉昭陽破天荒的主動去廚房幫忙。顧晚晴也揮去心頭煩悶，跟了過去。

臨出客廳前，顧晚晴看了眼葉明常，他沉默依舊，只是神情中帶著一種說不出的悵然，似失落，又似解脫。

關於白氏的事，葉顧氏沒再問過顧晚晴一句，該幹什麼就幹什麼，對葉明常也恢復了以往的嘮叨關心，好像這件事從來沒發生過一樣。

一家人的生活再次恢復了平靜，雖然顧晚晴總覺得哪裡還是與平常不同了，但總歸是平靜了，各人心中因此而生的漣漪也是要時間去消減的。

又過了一陣子，顧晚晴聽說顧宇生在外又置了宅子，為誰所置不言而喻，只是不知道他是如何平衡與白氏母女的關係，是捨一就一，還是二者兼收？

不管是哪種，都不是顧晚晴該操心的事了。

顧晚晴這段時間將所有的精力都投注在下次的考核上，因為已有默契，大長老不再直接讓顧晚晴去顧府，而是在顧府之外的一間別院秘密會面，用一天時間，教了顧晚晴一套針法。

說是「教」，但對顧晚晴這個針法零基礎的人來說，那些簡單的講解與速成的手法更像是在演示，而後領悟多少，全憑她自己了。

虧得顧晚晴這段時間背了不少人體穴位，雖沒達到說哪指哪的地步，但仔細想想還是知道的，而針灸之法的重點在於主要各個穴位間的配合與下針手法，那些穴位配合她可以死記硬背，但下針手法卻無法掌握，大長老也沒有讓她實際操作的意思，簡單講解幾句，便讓她下走了。

顧晚晴知道大長老這次所教的針法必定與下次考核有關，不敢怠慢，可用毛筆記錄實在太慢，大長老又不欲留她，一些精髓只能靠回憶。出了別院後顧晚晴不敢分神，口中唸唸有詞，生怕自己一個不慎，忘了記下的東西。

因為走神，顧晚晴完全沒有辨別方向，隨便找了個方向就走，她只想趕快找到個文具鋪子，把自己記的東西寫下來。

正悶頭走著，一輛馬車自顧晚晴身側緩緩停住。顧晚晴先是看見馬腿馬蹄，而後是車轅車輪，最後才聽到一道清朗的聲音：「妳走到大街中間了。」

顧晚晴茫然抬頭，便見聶清遠那張清雋稍含冷漠的面孔，再回頭，見聶清遠車後跟隨著三、四輛馬車，都是被她堵在後頭的。

顧晚晴連忙讓到街邊去，聶清遠也讓車夫將馬車靠邊停下，後頭的車這才一輛輛的疾馳而過。

顧晚晴感激的看了聶清遠一眼，知道全是因他那輛相府馬車在前緩行，後頭那些馬車才沒敢放開速度，否則依她那走神過度的狀態，說不準就要受傷。

「想什麼這麼出神？」聶清遠也不下車，就在車中隔窗詢問。

「啊！」顧晚晴一驚，馬上爬上馬車，「快，到最近的文具鋪子！」

聶清遠不明其意，顧晚晴急著比劃，「我要記東西！」

聶清遠聽罷，從車廂角落的一個格子裡取出筆墨，還有一些宣紙，也不說話，直接遞給她，然後將他坐著的座椅拉出來，便成了一張簡易的小桌子。

顧晚晴來不及道謝，鋪好紙張，又翻了翻自己在別院記錄的內容，努力回憶著該從哪裡寫起。

聶清遠又從那個小格裡拿出一個小瓶，倒出一些清水在硯中，對外吩咐一句：「平穩緩行。」而後輕攏衣袖，持墨細研。

顧晚晴理清思緒，拾筆沾墨，記下大長老教授的各式穴位組合，以及力道輕重、針刺幾分等等內容。

只不過，顧晚晴已盡力回憶，卻還是有一些缺失，只得回想大長老演示時空位的大概位置，又比照自己的身體，比照了兩回，她發現車裡有個現成的人體模形。

「咳……」顧晚晴看著聶清遠，「你……轉個身？」

聶清遠靜靜的看著她，又瞄了一眼她記滿穴位的紙張，微一挑眉。

顧晚晴訕笑首把載滿自己筆跡的宣紙翻過去，「已經好很多了。」

聶清遠沒再追問，默默轉達過身去。

顧晚晴開心了，把之前記下來的穴位也一一比照，一會讓聶清遠伸腿，一會讓他抬手，沒一會又對他說：「我給你買件衣服吧？」

聶清遠默然不語，良久開口：「為何？」

顧晚晴沒回答，用毛筆在他背上的某外穴位上打了個X，又比對著記下的筆記，在另一個穴位畫了個O，這OOXX的看起來，直觀多了。

「哎？你不是出京辦事了嗎？」顧晚晴的筆記愈加完善，心情也就隨之放鬆，終於有空閒聊了。

「還沒到日子。」聶清遠背了一後背的ＯＯＸＸ，倒也淡定，只貢獻後背，自個尋了本書看。

這個答案實在無趣，顧晚晴想再繼續攀談都找不到突破口，只得乖乖的繼續寫筆記。等到筆記全部記完，她才長舒了一口氣，對著一後背墨跡的聶清遠說：「行了，你自由了。」

聶清遠卻沒有馬上回身，而是等了一會，才慢慢的挪了挪腿，坐正身子。

看著他小心的動作，顧晚晴萬分的不好意思，「你腿麻了啊？我幫你揉揉吧。」說著她也不等聶清遠反應，伸手按上他的小腿。

聶清遠「啊」的一聲，極短，便不再有聲音發出，緊抿著唇角一臉菜色，眼角都有點抽抽了，咬著牙說：「不用了……」

顧晚晴想到的卻是她在梅花先生的手劄裡看到的一個快速按摩穴位的方法，這種方法據說對因長時間不過血而產生的肢體麻木格外有效，當下也不管聶清遠的拒絕，她直接摸上他的腿窩處尋找穴位。

不想，她這一摸，聶清遠突地大笑兩聲，又猛然縮回腿去。

「真不用了！」聶清遠自知失態，馬上端正坐好，只是腿窩仍癢得厲害，那種癢從小腿竄上來，弄得他全身都不自在了。

顧晚晴卻是被他那兩聲笑嚇了一跳，眼睛睜得溜圓瞪著他，直看到他侷促的揉了揉腿窩，才忽有所悟，忍不住「噗」的一聲笑出來：「你的癢肉居然在腿窩裡？」

聶清遠扭著頭，假裝看書不說話。

顧晚晴越想越樂，就在她樂不可支的時候，聶清遠終於受不了了，沉著臉冷聲道：「男女授受不親，身為女子，怎可隨意碰觸男子身體……」

顧晚晴徹底笑趴下了。

「其實你挺好。」馬車停在葉家的門前，顧晚晴揩著眼淚跳下車，「真的，難怪我以前一直想嫁給你。」

車窗內，聶清遠已然恢復如初，只有眉頭稍蹙，聽了顧晚晴的話目光微動，顧晚晴卻已朝自家大門走去了。

「衣服我會賠你的。」顧晚晴說完朝他揮了揮手，進了門去。

今天這堂針灸課讓顧晚晴受益良多，回家後拋去一切雜念整日鑽研筆記，又請葉顧氏幫忙做了一個1：1大小的人形棉枕，每天對著筆記給枕頭扎針。

對著人形棉枕練了幾天後，顧晚晴就覺得不過癮了，原想找葉昭陽幫忙，但葉昭陽不知道是不是看出了苗頭不對，每當顧晚晴叫他，他都藉口躲得遠遠的，後來乾脆又到醫廬住宿了，臨走的時候還和顧晚晴說：「妳不如找傅大哥幫忙，我想他應該很樂意試試妳的針法。」

找傅時秋？顧晚晴不是沒想過，只不過，傅時秋已經幫了她不少，而他的心意她也大致知曉，如果在沒有確定自己心意的時候再對他有諸多要求，豈不是仗著什麼那什麼嗎？

而說起對傅時秋的感覺，顧晚晴倒也想過，和他在一起時很開心，也很自由，如果這種感覺能夠一直持續，她不抗拒擁有這樣的感情，只不過，她現在的大半精力都在選拔天醫以及學習醫術上，在選拔結束之前，她暫時還不想過於分神，所以對傅時秋的態度只是順其自然，並未刻意追求什麼。

最終，顧晚晴也沒找傅時秋當試驗人，就用人形棉枕每天練習。傅時秋知道這段時間她要專心衝刺，也不來吵她，相當貼心。

選拔賽的日子再次到來，長老團在比賽當日更改了選拔內容，原是輪叫制，像面試篩選時那樣，由長老團單獨面見選拔學員再當場出題，現在卻變成了選拔學員在《百病雜論》中隨機抽題，再當著所有學員的面，在特製的銅人上展示針灸之法。

臨時更改選拔方式，令所有學員都議論紛紛，顧晚晴卻是明白這是大長老專程為她而改，目的嘛，便是要使顧長德與顧明珠相信，她與長老團已然交惡，所以長老團才會放棄對她更為有利的晉級方式，採用這種無法作假的晉級方式。

算起來，這是顧晚晴第一次憑藉自己的本事參加考核，心裡難免緊張，表現出來的那種不安倒也真實。看在顧明珠眼中，便有了另一種解讀方式。

「六妹妹不必擔心。」顧明珠走過來拉住顧晚晴的手，「妳已平安過關多次，此次也絕無問題。」

顧晚晴看著她溫柔婉秀的容顏，苦笑一下，搖了搖頭，「我原以為只要聽話，就能一路順風，沒想到只是多要求了一點，便成了棄卒。此次更改考核方式，便是大長老在警告我，現在只希望我能抽到自己拿手的題目，或許還有晉級的希望。」

顧明珠一雙美目微垂，略一沉吟，低聲道：「不如這樣，一會我們抽題結束後，妳也看看我的題目，如果妳有把握，我們便暗中交換，兩個人的機率總比一個人大一些。」

「這怕不行吧。」顧晚晴咬了咬唇，一副糾結的模樣，「抽完題後，在記錄長老那是有記錄的。」

顧明珠輕輕一笑，「這點妳就不必擔心了，一切，都以妹妹通夠通過考核為先。」

第七十六章

【過關斬將（二）】

顧明珠這麼熱心，顧晚晴怎能拒絕？當下欣喜的答應，又在抽籤完畢後，與顧明珠交換了考題。

其實那兩份考題對顧晚晴來說難度差不多，只不過交換一下更能顯出顧明珠的重要性，也更能突顯自己投誠之心拳拳。

這次的考核，顧晚晴應對得有驚無險，因為只在模具上演示，所以連她經驗不足、下手分不清輕重的問題也一齊掩蓋，算是占了便宜。在問答環節之時大長老親自問詢，出了幾個古怪刁鑽的問題，在旁人看來自是在為難她，可她自己明白，大長老所問的多是那日講授過的，如此表現，只為讓顧長德更加相信這場戲罷了。

顧晚晴知道自己是一定會過關的，因為不只有大長老在保她，現在連顧長德都會為她的晉級操一份心了。

離開天濟醫廬的時候，顧晚晴見到一輛熟悉的馬車等在醫廬之外，正是傅時秋的車子，她便與顧明珠道別，徑直往馬車而去。

顧晚晴上了車，從窗簾縫中看到顧明珠還在朝這邊看，又與身邊的丫鬟說了兩句話，那丫鬟點了點頭，拎著裙子不知跑到哪去了。

「在看什麼？」傅時秋湊過來看了看，看清了外頭的人，哼笑著坐回去，「她最近總往宮裡去陪太后和長公主說話，可比妳勤快多了。」

顧晚晴撇撇嘴，她倒也想勤快，但誰能帶她入宮？傅時秋？他們非親非故的，總讓他帶著，沒事也說出事了。

傅時秋盯著顧晚晴的臉色，「怎麼？今天考得不好？」

「還行吧，過關應該沒問題。」顧晚晴伸了伸腰，「不過離放棄也不遠了。」

「為什麼？」

「不想白費力氣。」顧晚晴指指車外，「看見顧明珠了沒？她是我二叔的內定人選，大長老的內定人選是顧長生。在顧家，能做主的就是他們兩個，也就是說，天醫不是顧明珠就是顧長生，我是註定成炮灰的。」

「也不一定吧……」傅時秋咕噥了一句，而後便讓馬車轉去天波樓，「預祝妳考核通過，請妳吃飯。」

顧晚晴自然不會回絕，路上又與傅時秋說了白氏母女離開的經過，讓傅時秋大為感嘆。

隨後的日子，顧晚晴過得無比充實，大長老每隔十日便會叫她去別院，有時講解藥理，有時傳授醫法，教學的內容大多與下一次考核有關。

顧晚晴幾乎把每天所有的時間都用來學習和背誦，日日早起晚睡，刻苦得讓葉顧氏心疼，但葉顧氏說她她也不聽，便讓傅時秋去勸她。傅時秋表面答應，轉身又找了更多醫學典籍，甚至從宮中搬出不少孤本秘本來供顧晚晴學習。顧晚晴也不辜負他這番盛情，將自己的睡眠時間壓至最少，瘋狂的汲取著大量的醫學知識。

她又託傅時秋請到了一個告老歸田的前任御醫，但凡遇到不解之事便前去請教。

顧晚晴並不是真正的顧家人，她不會過於神化顧家，也不會刻意貶低其他大夫，在她看來，顧家雖說有獨到之處，但真正的醫學之秘是不會廣傳族人的，只有大長老、家主和天醫幾個才有資格知曉，並不代表所有顧家大夫的水準。而御醫的水準也未必差了，只是因為皇室重視的緣故，才讓御醫永遠屈居顧家之下。

事實上，有了這位老御醫的解答教授，不僅讓她少走了許多彎路，還從老御醫的數十年行醫經驗中獲益良多。

時間飛快，昨日還是烈日炎炎，轉眼便已花凋葉落，這裡的節氣異常的準，剛過立秋，早晚便已多了幾分寒瑟之意。

時至今日，天醫選拔的流程已然過去泰半，顧晚晴有大長老和顧長德的雙重庇佑，又順利通過兩輪選拔，成為六名天醫候選人之一。這六名天醫候選通過半決賽決出最終三個候選人，再由決賽選出天醫，另兩人則成為天醫的助手，將來或有加入長老閣的希望。

剩下的六個人選中，只有一個是外來的選拔者，其餘五人全是顧家子弟，其中包括顧長生和顧明珠。

在顧晚晴心中，參加決賽的名單早已確定，她、顧長生和顧明珠，絕不會有任何差池。

這天又是顧晚晴每隔十日去別院接受大長老教授的日子，顧晚晴帶齊紙筆，出了家門，沒有任何意外的看到了傅時秋的馬車。

大長老暗中教授的事，顧晚晴並未瞞著傅時秋，傅時秋也極為盡責，晨送晚接從不落空，顧晚晴並未拒絕他的接送，反正受他照顧的事多得很，也不差這一樁了。

上了車，顧晚晴見車內已重新布置過，竹椅已換作軟墊，車壁四周也包了皮襯。傅時秋坐在車裡打哈欠，腿上搭著薄薄的毯子。

「你倒挺會享受。」顧晚晴找了個舒服的位置坐了，只說了這麼一句，便從包裡翻出醫書來看。

「妳不累嗎？」傅時秋一把搶過醫書丟到一邊，「妳娘剛跟我說的時候我還不太在意，現在想想，實在不該幫妳，妳就快與世隔絕了妳知不知道？」說著，他不知從哪裡翻出一面鏡子遞過來，「妳自己瞅瞅，還有個人樣沒？」

顧晚晴接過鏡子左照右照的，最後滿意的一笑，「不就是有點黑眼圈嘛？沒見我瘦了嗎？好看多了。」

傅時秋又搶過鏡子，「好看？妳摳瞎自己的狗眼吧！」

顧晚晴笑嘻嘻的也不和他辯駁。她也累，但她明白，自己起步晚，連笨鳥先飛的機會都沒有，所以，只有更加努力一途。所幸，身體還是年輕的，記憶力也好，還算有點本錢。

她爬到傅時秋那邊撿回醫書，又坐回原位，「走吧，別讓大長老久等。」

傅時秋拿她也沒轍，只能從命。

馬車才動，顧晚晴便聽有人在拍葉家的門，她便又叫停馬車，探頭出去看看，見是一個外鄉打扮的人。

「你找哪位？」

那人回頭道：「請問這裡可是姓顧？我這有一封信，要交給一個姓顧的姑娘。」

顧晚晴先是一愣，而後面露喜色，急忙跳下馬去，「我就是，信可是從邊關來的？」

「倒是從邊關來的……」那人從背包中摸出一封信，遞給顧晚晴。

顧晚晴馬上接過，心中的欣喜似乎驅走了身邊的寒意，可看清那信封的瞬間，她又怔住，「這……」這封信，竟是她當初發出去的那封。

「這封信是我一個遠親帶到邊關的，他急著回來便讓我送到鎮北王軍中，可軍中說沒有信上要找的這個人，給我退了回來。正巧此次來京辦事，便將信給姑娘帶回來。」

「沒有這個人……」顧晚晴看著信封上「袁授親啟」的字樣，說不清為什麼，只覺得心裡空落落的。良久良久才緩過神來，她抬起頭，身前已換成了傅時秋。

「鎮北王防著妳呢，怎麼可能讓那小野人接到妳的信。」傅時秋撇撇嘴，「什麼時候寫的信啊？我怎麼不知道？」說到這他不自在了一下，改口說：「應該讓我幫忙送信，說不定能送到他手裡。」

「很久了。」顧晚晴捏著手裡的信，心情突然變得極壞，「阿獸走了不久我就寫了，那時候……我們還嘔著氣呢。」

傅時秋這才笑了笑，人也輕鬆起來，「走吧，別讓大長老久等。」

顧晚晴便收起那封信上了馬車。上車後她雖然還是拿著書看，卻是一點也看不進去了。

傅時秋也有點心不在焉的，一直盯著顧晚晴的袖口，剛剛那不知是何內容的信就收在那……真好奇啊……

到了別院後，顧晚晴雖努力集中精神，但注意力總是不如旁日，連大長老都有所察覺，咳了幾聲，放下手中銀針道：「妳回去吧，不必在此浪費我的時間。」

顧晚晴馬上起身道歉，又到桌邊倒了碗茶端過去，「我不會再走神了。」

大長老沒說什麼，接過茶碗喝了一口，又示意顧晚晴坐下。

顧晚晴卻沒有馬上回座位上去，「您最近常常咳嗽，可吃過藥了？」

大長老「唔」了一聲，又伸出手來，「妳也學了這麼久，給我瞧瞧是什麼病。」

顧晚晴略緊張了一下，大長老皺了皺眉，「慌什麼？妳是大夫，早晚都要診症的。」

「是。」顧晚晴定了定神，坐到大長老對面，先是看了看大長老的面色及舌苔，又問了問他的感覺和最近的飲食情況，最後以竹筒聽過他的心肺後，才將指尖按上大長老的腕間，仔細感覺著他的脈搏變化。

對於她如此謹慎的看診方式，大長老雖然仍是眉頭緊鎖，卻也沒出言反對，直到許久之後顧晚晴收回手去，他才悶咳兩聲，又喝了口茶，「如何？」

顧晚晴把診斷結果在腦中過了一遍，才開口答道：「您最近常感胸脘痞悶，吃不下東西，舌苔白膩，這是濕症入體的表現，加之脈象濡滑不定，咳嗽不爽，痰黏……」說到這裡，顧晚晴的聲音猶豫起來，「看起來像是痰濕侵肺之症……」

大長老眉頭擰得更緊，「啪」的一聲把手中茶碗頓到桌上，「什麼『像是』？妳是個大夫，妳告訴病人像是得了病？妳這個大夫如何得人信賴！」

顧晚晴緊抿著唇低頭不語，過了好一陣子，才小聲說道：「痰濕之症多伴有肥胖、面油汗膩、舌厚或者心疾等表面，可大長老並無這些表現……」

「凡事都有例外，」大長老仍是面色不豫，「若連妳自己都無法相信自己的診斷結果，又如何說服病患用藥？」

顧晚晴低頭受教，大長老又端起茶來，「妳再說說，若用針灸該如何治療？」

因為有成例在先，顧晚晴這個倒是手到擒來，當下道：「治法取手足太陰經穴為主，毫針刺用平補平瀉法或加灸……」

大長老一邊聽一邊微微點頭，末了道：「妳總算尚知用功。」

「您的病我可以幫忙。」顧晚晴毛遂自薦，最近她的異能又有長進，治療這類病症不在話下。

可沒等顧晚晴接近，大長老卻冷瞥她一眼，哼了一聲，扔了書就走了。

第七十七章

【過關斬將（三）】

目送著大長老出了書房，顧晚晴倒也沒覺得怎麼難過，她想得明白，雖然異能是顧家的立家之本，可但凡有本事的人，看待異能的態度還是很微妙的，畢竟異能這種事，頗有點不勞而獲的意味，自然被勤奮努力者所鄙視。

大長老走後，顧晚晴也起身收拾東西，最後將大長老喝剩的殘茶潑至角落，又用茶壺中的茶水沖洗了茶杯，擺好茶具，一切回復至原樣，這才退了出來。

因為今天意外的結束了早些，出了別院的時候，傅時秋的車子還沒到，顧晚晴就沿著別院的院牆緩緩而行，走了一段距離後，想起袖子裡的那封信，便停下，將那信拿出來，看了那信封半天，極輕的嘆了一聲。

她一直都想不明白，鎮北王為什麼要這麼防著她？就因為她是第一個發現阿獸的人，就因為阿獸依戀她嗎？想到與阿獸最後一次見面，顧晚晴的心又煩躁起來，拿著信的手也隨之收緊，把信封也捏皺了。

「別捏壞了啊……」

身後突然響起的聲音嚇了她一跳，回過頭，見傅時秋緊張的看著她的手，嘴裡還唸叨著：「妳

要撕我幫妳啊……」

「你什麼時候來的？」顧晚晴拍了拍胸口，「差點被你嚇死。」

傅時秋倒愣了，「不會吧？我跟在妳後頭半天了，妳都沒聽到我的腳步聲？」說著又看了看她手中的信，一抿嘴角，「妳也太走神了吧？」

「沒發現你也有錯？」顧晚晴「嘁」他一聲，把手上的信丟過去，「看吧看吧，早說了數你最八卦！」

傅時秋對她的評語沒做什麼反應，也不推辭，接了信封就撕開，從中拽出一張薄紙。

「這是什麼玩意？」他拿著信紙橫看豎看的看了半天，又遞回給顧晚晴，「暗語啊？」

顧晚晴苦笑著接過信紙，「我尋思著他不認識字嘛……」

「那這畫個圈又一個『晴』字，代表什麼？」

顧晚晴半天沒言語，看著信紙上畫的那個大大的圓形，以及正中寫的那個「晴」字，心下黯然。

阿獸會看懂吧？這是他送她的禮物，她卻大發了一通脾氣把他趕出去。她一直想當面和阿獸道歉的，但沒有這個機會，所以她寫了這樣一封信，想讓阿獃知道，她明白他的心意了，是她錯了。

「還真是暗語？」傅時秋伸手搶過信紙，「這『晴』字是什麼意思？」他突然緊張了一下，「不、不會是寫錯字了吧？是那個『情』？」

顧晚晴想了想才想明白他指的是什麼，不由失笑，「『晴』是我小時候在葉家時的名字，我爹娘現在還這麼叫我。」

「亂講！」傅時秋睜圓了眼睛，「我去你們家那麼多次，妳娘都是叫妳『還珠』的。」

「這不是怕人詬病嗎？我怎麼說也還是顧家的六小姐，不過沒外人的時候就叫回原來的名字了。」

傅時秋的臉色忽的就沉下去了，再說什麼，人也是沒精打采的，提不起一點精神。

顧晚晴覺得好笑，「算我說錯了。你不是外人，你是內人，以後我們什麼事都當著你的面做，行了嗎？」

傅時秋一撇嘴，「咱也沒有什麼神神秘秘的暗語，只兩個人知道的那種……」

他說話時的那樣子，別提多彆扭了。

顧晚晴原是想笑的，可不知怎地就想到了阿獸給她的那塊玉，那個圖形那個字，她明白，阿獸看到應該也明白，要是顧明珠看到呢？她也明白吧？傅時秋說得不對，那並不是什麼「兩個人的暗語」，是三個人的。

不知扯到了哪根神經，顧晚晴的心情也變差了。

傅時秋見狀，也不管自己心理不平衡這事了，趕快轉了話題。顧晚晴也配合，與他說起今天為大長老診脈一事，忍不住為自己的正確診斷沾沾自喜，傅時秋這才算放下心來。

又過幾日，顧晚晴突然得到顧長德的邀約，約她到顧府敘話。

這麼長時間以來，顧長德都沒有直接與顧晚晴聯繫，全是靠著顧明珠，包括要幫葉顧氏張羅的那差事。顧晚晴不想葉顧氏太出風頭，又一時找不到能容她安插人進去的好地方，就託顧明珠私下說合，給葉顧氏領了廚房大庫的副職，就這副職她也沒讓葉顧氏上任，只掛著空銜，以示自己沒有絲毫的爭權之心。

她的這種做法無疑贏得了三房的好感，又不算得罪二房，暫時來說對她是最好的選擇了。

當天下午，顧晚晴就隨著顧家的人回到顧府，卻不是先去見顧長德，而是直接將她帶往長老閣的方向。

難道大長老私下教授的事被顧長德發現了，現在要去對質？顧晚晴雖然沒慌，但心裡仍是禁不住緊張了一下，而後失笑。就算被他發現又能如何？凡事先為自己打算，這還是他們教會她的。

乘著小轎來到長老閣，顧晚晴又被藥僮引往後院。長老閣的後院是長老們的居住之所，顧晚晴從沒進去過，此時引她前來……顧晚晴突地心頭一跳，連忙雙手互握以定心神。待得她到了一個藥香濃郁的小院之前時，身體已完全放鬆了。

藥僮讓顧晚晴稍候，自己進去通傳。沒一會，藥僮出來，隨他一起出來的還有顧明珠。

「六妹妹辛苦了。」顧明珠面上掛著淡淡的憂慮，挽著顧晚晴的手往院中走時，低聲道：「大長老的痰濕症非常嚴重，連二伯也束手無策，只有依靠妹妹妳了。」

顧晚晴看她一眼，沒說什麼，心中卻想，顧明珠這話說得實在巧妙，自己身具異能一事大長老是早就知情的，顧長德和葉明常也知道，除他三人以外再無人知曉，可顧明珠剛剛那話幾乎是明擺著告訴自己，異能這事，她也是知情的。

誰告訴她的呢？絕不可能是大長老或是葉明常，那就是顧長德？

顧晚晴有點拿不準，因為就她瞭解，顧長德雖然凡事喜歡算計，但擺在他心頭首位的還是顧家的發展，如此重要的事他也透露出去，那只說明一件事，顧長德對顧明珠取得天醫之位，是有著十拿九穩的把握的。

他到底為什麼這麼有信心呢？他的殺鐧到底是什麼呢……

在顧晚晴亂想之時，顧長德從房中走出，身後跟著顧長生與其他兩位長老。

「兩位長老先請回吧，這裡讓長生服侍。」顧長德與那兩位長老說過話，才與顧晚晴道：「進去吧，大長老說要見妳。」

顧晚晴朝那兩位長老行了禮，這才進了屋裡。大長老就閉著眼睛躺在床上，面色潮紅呼吸沉重，顯然病得不輕。

「妳來了……」大長老聽到了腳步聲，緩緩張開眼睛，「讓其他人出去。」

「屋裡並無旁人。」顧晚晴走到床邊，也不廢話，抬手按到大長老的手腕之上，運起異能為大長老診治。

「怎會突然變得這麼嚴重？」片刻過後，顧晚晴收回手去，「以我現在的能力，只能循序漸進，還不能一蹴而就。」

大長老輕咳幾聲，「已經好了不少了。」說罷他慢慢坐起身子，靠在床頭道：「依妳看來，我是因何突然加重病情？」

顧晚晴搖了搖頭，「我也說不出來。剛剛給您把脈，仍是脈象濡滑，只不過比上次嚴重得多，我正奇怪，以您的醫術，這樣的病症理應手到病除才是，怎會任它發展至此？」

大長老皺起眉頭擺了擺手，「原已大有好轉，可那日從別院回來後又突然復發，事前毫無徵兆。」

「會不會是……」顧晚晴說了幾個字，又猛地住了口，抿著唇搖搖頭，「不太可能，哪有什麼藥能讓人生病，而不是中毒呢……」

「的確。」大長老閉上眼睛嘆了一聲，「就算有……早在病發之時家主便提議讓妳過來，此事應是與他無關。」

顧晚晴聽到「就算有」的時候，心裡止不住的亂跳了幾下，忽而又聽大長老隨意的問了句：

「這段時間妳沒有天醫玉，是如何處理能力產生的傷害的？」

顧晚晴頓時怔愣，腦中飛速急轉，難不成……天醫玉的最大作用，竟是消減使用異能時吸取來的毒素？如果顧還珠之前一直是用天醫玉來消解副作用，那麼……用水排除毒素這件事……

「暫時……沒有什麼好辦法。」顧晚晴定了定神，「使用能力後我會有一些不適的感覺，不過這種感覺會隨著時間的流逝而消失，大概是因為我能力未復，只醫治過簡單的病症，所以反應也並不嚴重。」

大長老淡淡的「唔」了一聲，而後便不再說話。

顧晚晴此時使用異能的副作用已起，不僅身體難受，雙頰也隨之潮紅起來，嗓子裡癢得厲害，但她就是強忍著，還時不時的跟大長老說兩句話，好像她的不適只有臉紅發熱而已。

「拿去吧。」大長老雙眼未睜，手卻伸了出來，手腕輕翻，手中現出的，正是一塊邊緣厚中薄的圓形玉珮，濕潤潔白，通體沒有一點瑕疵。

第七十八章

【相同的任務】

盯著大長老手中的那塊天醫玉，顧晚晴原以為自己會激動一下的，可很奇怪，居然沒有。

或許因為對她來說，天醫玉早已不是目標了吧。

顧晚晴接過天醫玉握在手中，玉觸溫潤，貼在手心裡令人格外舒服。顧晚晴不知道這天醫玉該如何應用才能引出吸入的毒素，但在大長老面前她又不能表現出來，只得像平常一樣，將天醫玉想像成水，雙掌貼合將玉壓在手中。

漸漸的，顧晚晴覺得手心開始發熱，正是釋放毒素時的感覺，但比起用水釋放所耗費的時間，用天醫玉無疑慢了許多。

約莫一炷香後，顧晚晴才覺得毒素全部釋放完畢，再看手中的天醫玉，色澤微暗，無瑕的玉質中也夾雜了點點星斑。

天醫玉的這種改變既讓顧晚晴吃驚，也似乎在她的預想之中。若她所猜不錯，天醫玉隔一段時間後定然還會恢復如初，如果天醫玉能夠自行恢復，那麼比起用水釋放後所產生的病水來說，的確環保得多了。

顧晚晴正盯著天醫玉發怔的時候，冷不防一隻枯瘦手掌伸過來，她抬頭，便見大長老斜睨著她，神情自然得很。

原來只是借她用用啊……

顧晚晴微有不捨的將天醫玉又放回大長老手中，突地又明白了些什麼。原來大長老如此有信心，如此相信她肯乖乖的做天醫助理，憑的就是天醫玉。

如果她的能力只能配合天醫玉使用，如果她無法透過其他方法來釋放毒素，縱然她能力再深，也不敢貿然使用能力，因為吸取的毒素若不消滅，是會對人體造成傷害的。大長老憑藉的就是這一點，只要未來的天醫握有天醫玉，那麼，也就相當於掌握了她的能力。

原來大長老一直都不知道她的能力還能透過那麼簡單的方法釋放，想到上次在宮中為太后醫病，她也曾在水中釋放毒素，但那時大長老潛心為太后下針，想來是沒有留意。

顧晚晴現在更擔心的是另一件事，當初她為了向顧長德證明異能時，是當著他的面在水中釋放過毒素的，但從大長老不知情這一點來看，顯然顧長德並未將這件事放在心上，也未將這一細節向大長老提起。可如果有一天他提了，以大長老對她異能的瞭解程度，未必不會猜到那病水的附屬功能，這是顧晚晴最不願讓大長老發現的。

那麼，只有扭轉顧長德印象一途了。

辭別了大長老後，顧晚晴離開了房間，出門時見到顧長生等在門外，她出來他就進去，冷著臉，連招呼都沒打。

顧晚晴也不欲去理解他那糾結的思想，逕自到客廳去拜會顧長德。

客廳中只有顧長德與顧明珠在。顧晚晴拜過顧長德後又與顧明珠相互一福，起身時，顧晚晴身子一晃，連忙後退兩步扶往座椅扶手，就勢坐下。

「麻煩姐姐打盆清水來吧。」顧晚晴朝過來扶她的顧明珠虛弱一笑。

顧明珠看看顧長德，點點頭便去了。

顧明珠出門後，顧晚晴低喘一聲，抬頭朝顧長德急道：「二叔，你得想辦法幫我拿到天醫玉。」

顧長德微一皺眉，顧晚晴快速的道：「我用過能力後，那些毒素會堆積在我體內，只有天醫玉能夠化解。」

「什麼？」顧長德看起來十分驚訝，「天醫玉還有這種功效？」

顧晚晴點點頭，「所以它才會成為歷代天醫的信物，因為它根本就是使用能力的輔助用具，沒有它，我的能力只能發揮三成。」

「但……」

見顧長德瞇眼回憶，顧晚晴忙道：「若是一般的小病小痛，積在我體內雖有不適，但一天兩天也會逐漸消散，可此次大長老病症極重，我實在吃不消。剛剛大長老將天醫玉拿給我，我本想趁機索取，可不待我化解毒素完畢，大長老已將天醫玉要回，看來，是絕不可能給我的了。」

說到這裡，顧晚晴適時的住了口。顧明珠也在這時與端著水盆的下人返回。譴走下人後，顧晚晴將雙手浸入水中片刻，這才用布巾擦乾雙手。

「我覺得手掌有些燥熱……」顧晚晴看著目光好奇的顧明珠笑了笑，又看向顧長德，有意看得別有用心一些，「總得浸浸水才舒服。」

顧長德似乎並未起疑，垂下眼簾朝顧明珠道：「妳先出去吧，我有些話與還珠說。」

顧明珠便福了福，喊下人進來端了那盆水，這才走了。

「天醫玉向來只有天醫才能持有。」顧長德沉聲說道：「妳若想要，便在選拔中力爭第一吧。」

顧晚晴嘆了一聲，「二叔說這話可實在讓姪女心寒。此次選拔不管經歷如何，最後的天醫人選也絕不會是我，這一點二叔知道，大長老知道，顧長生與五姐姐也是知道的。我為何只向二叔求天醫玉而不是天醫之位，二叔難道不明白？何必與我說這種場面話？」

聽完這番話，顧長德沉默了一陣子。突然開口，他卻是轉了話題：「這幾天妳留下來與長生一起照顧大長老。」

顧晚晴一愣，顧長德繼而又道：「至於天醫玉，若在我手中，我定會給妳的。」

說完這話，顧長德放下手中茶碗站起身來，「我先回去了。這幾日妳安心留在這裡，有事只管交代明珠。」

顧晚晴在客廳裡迷糊了半天。若是以往，她就只會照顧長德這幾句話的表面意思理解了，可現在，她升級了啊，雙核了啊，所以她體會出顧長德這番話是有深意的。

顧長德說天醫玉若在他手裡他會給她的，如何在他手裡？只有他成為天醫、或者他選擇的人成為天醫的時候，他才能從大長老手中拿回天醫玉啊！他心目中的天醫人選是顧明珠，如何讓顧明珠打敗自小就接受精英教育的顧長生呢？

第一，憑實力；第二，靠手段。

顧晚晴不知道顧明珠與顧長生的實力到底孰強孰弱，她只知道，大家都在想對策，但大長老不願與顧家家主撕破臉皮，那麼，顧家家主的心思也錯不到哪去。

仔細想了想顧長德離去時的舉動，顧晚晴走到他剛剛坐過的地方，略一查找便已有發現，在顧長德放下的茶碗下，壓著一個小小的紙包。

顧晚晴拿起那個小紙包捏了捏，感覺裡面像是一些粉末。

這……會是給誰的？

大長老？顧晚晴很快就推翻了這個可能，顧長德與大長老雖然各有打算，但總的來說，他們最終目的都是讓顧家更上一層，不致互相殘殺。況且，眼下這種情況，就算大長老有了什麼意外，顧長生依然可以得到其他長老的支持，這也是為什麼大長老一旦生病，顧長德就提出要她來醫治的原因，顧家暫時還不能失去大長老。

那麼，便是顧長生了。

顧晚晴想起，剛剛顧長德的確是點過顧長生的名，而將這包不知是什麼的粉末留下……是投名狀嗎？一方面可以確定她的誠意，另一方面，她也是最適合的人選，縱然事發，顧長德也可推得一乾二淨。這與她說服大長老的理由有著異曲同工的效果，因為她是顧還珠，是曾經最接近天醫的人，她心中不服，暗地做下一些害人的勾當，說出去既可信，也不會影響顧家兩位掌權者的關係。

這倒……方便了。

顧晚晴默默收起那個小紙包，轉身出了客廳。顧晚晴到廳外叫來一個藥僮，要他帶個消息給葉家，說自己要在顧府暫留幾日，這才又進了大長老的房間。

顧長生正在房中看書。大長老雙目輕合的躺在床上，似乎是睡著了。

對於顧晚晴的出現，顧長生只是抬了抬眼睛，便又將注意力放回書上，根本不與顧晚晴說話。

顧晚晴也不在意，逕自去找了本書看。直到一個多時辰後，大長老輕哼一聲，她才放下手裡的書，走到床前。

顧長生對大長老的生活起居顯然十分熟悉，扶大長老起身後便去倒了杯白水，又捧來銅盂。大長老漱了漱口，翻身坐了起來，期間仍有咳嗽，但比顧晚晴剛來之時則好得太多了。

「我精神已復，不如……」

顧晚晴的提議才說到一半，大長老就搖搖手，對顧長生道：「去把我早上開的方子煎了吧。」

顧長生面無表情的，轉身就去了。

「妳有時間便多多複習，今日明珠曾替我診脈，她的醫術，已然不輸長生了。」

顧晚晴目光微閃，低頭應道：「我知道了。」

一邊是顧長生，一邊是顧明珠，同樣的授意，同樣的計較，最讓人哭笑不得的是，這些事到底與她有什麼關係？就因為她有著無法消除的能力，便要甘心為他們所用嗎？

見大長老自顧自的為自己診脈，又不斷的比對著桌上寫好的幾張藥方，根本沒有理她的心思，顧晚晴藉著給顧長生幫忙的名義，離開房間去了藥房。

顧長生正在藥房中煎藥，見她進來便站起身子，將手中小扇丟給她，「小火熬一個時辰，不許開蓋、不許加水，懂了嗎？」

顧晚晴點點頭，拿著小扇坐到藥爐之前。

顧長生不屑的輕哼一聲，臨出門前又囑咐一句：「熬好後放溫，留出一碗給我，我要為大長老試藥。」

顧晚晴微有詫異，但還是點點頭，目送著顧長生出去。

時間慢慢過去，在藥爐小火的熬靠之下，室內蒸氣漸大，藥味也早已彌散滿室，顧晚晴看了看一旁計時的沙漏，時間已然差不多了，便找出一只空碗，打算將藥汁倒出之時，她輕輕抿了抿唇，從腰帶中拿出一個小小的紙包。

第七十九章

【誰的陰謀】

顧晚晴捏著手裡的小紙包略一遲疑，還是將它打開，把紙包裡的粉末倒進碗中，而後收起包著粉末的紙，隔著棉墊拿起藥鍋。

正當她打算倒些藥汁出來的時候，突聽門外一聲怒喝：「好大的膽子！」

顧晚晴被這聲暴喝嚇了一跳，手一抖，藥鍋已然脫手，落至地上摔得粉碎，滾燙的藥汁飛濺四溢，顧晚晴急忙後退幾步，當她抬起頭時，便見一群長老由外魚貫而入。為首的是一個神色狠厲的年長老者，髮眉俱白，與大長老一樣身穿繡著銀色暗紋的青色袍服，唯一不同的是大長老袖口的暗紋是一株草藥，而他的袖口卻是繡著一把藥鋤。

顧晚晴雖沒見過這位長老，但為了參選天醫，她也曾下力氣研究過顧家的組成結構，知道長老閣中有一個執法機構，是專門為那些犯了過錯的長老而設，只不過顧家因傳承一度中斷，長老閣的成員大大縮水，目前只有二十來人，凝聚力還是很強的，所以這個機構一直是個雞肋單位，執法長老也很空閒，常常被借調到別處研究草藥或者開發新藥，傳說中這位執法長老的袖口上，便是繡著一把藥鋤。

那執法長老三步兩步就衝到顧晚晴面前，滿面的怒容，「虧得大長老時常對妳讚譽有加，妳竟

意圖下毒謀害大長老！來人！」他盯著顧晚晴，喝聲卻是朝著身後的，「速速將顧還珠拿下！」

當即，從長老群身後站出幾個藥僮，過來就把顧晚晴圍住。

顧晚晴站著沒動，這麼多人，她不可能反抗。她看著執法長老那氣憤中夾著興奮的複雜神情，開口問道：「執法長老為何在此？」

執法長老怒而反問：「妳又在這做什麼！」

「我受顧長生之託，在此為大長老煎藥，我所做的一切皆是出自他的授意，」顧晚晴的目光掃向門口，「執法長老若是不信，可找顧長生前來對質。」

許是她鎮定的態度讓執法長老起了疑心，執法長老眉頭緊皺，幾乎在同時，門外閃入一個人影，少年身姿，清雋濕潤，正是顧長生。

此時的顧長生面帶極惡之色，「我只要妳煎藥，卻沒讓妳下藥！」

「哦？」顧晚晴緊盯著他，「你怎麼知道我下藥？還通知這麼多位長老一起過來抓我個正著？」

顧長生不屑冷哼，「從妳進來起我便覺得妳神色有異，沒想到妳居然這麼大膽，竟要謀害大長老！」

「嘖嘖……」顧晚晴笑著搖搖頭，「你忘了，那碗藥不是給大長老的，是給你試藥用的。」

聞言，顧長生面上的厭惡中又多了些惱怒，不過很快他就不再與顧晚晴糾纏，轉而與執法長老道：「箇中經過相信執法長老已然明白了。」

執法長老沉著臉，微微點頭，到桌邊拿起那撒了粉末的碗來。他看了看，又聞了聞，突然糾起眉毛，以指尖沾取，就那麼研究起來。

顧晚晴的目光一直在顧長生身上，絲毫不見緊張之意，悠然道：「你告發我，就是想我因此退出天醫選拔？」

顧長生緊盯著執法長老，並不理會顧晚晴。

「你是怎麼知道的？」顧晚晴旁若無人的追問：「是誰告訴你，我有這個打算的？」

顧長生依舊沉默，直到又有兩個長老到執法長老身邊一起去研究那些粉末也沒什麼結果時，他也走上前去沾取了一些粉末……不，走得近了他才看清，那不是什麼粉末，而是一些微小的細膩顆粒，帶著些許的黏度……像是糖。

顧長生猛然回頭盯著顧晚晴，卻見她正好整以暇的望過來，臉上帶著笑容，「如何？很失望？」

顧長生面色鐵青。顧晚晴又開口道：「諸位長老，我只是擔心長生試藥時太苦，所以加了些糖，不知因何引起這種天大的誤會？」

「真是糖？」一個長老沾取一些送到嘴邊，神情立時變得古怪起來，「果然……」

執法長老一時間也有些錯愕，目光轉向顧長生，帶著疑惑。

顧長生看起來有些窘迫。顧晚晴笑笑，「既然是誤會，執法長老可否先將我放了，讓我與長生一同為大長老再煎副藥？」

執法長老正苦於無法下臺，聞言就勢一揮手，「如此你們便快些動手，不要耽擱了！」

話雖如此，執法長老卻沒有馬上離開，而是親自留下，監督他們將藥熬上，這才又派了小僮留守，自己帶著一眾長老匆匆而去。臨走時，他送了顧長生一個萬分不滿的忿然目光，讓顧長生默然良久。

顧晚晴自顧自的拿著小扇緩緩的搧著爐火上的藥鍋，半晌之後，問了句：「想明白了嗎？」

顧長生沒言語。顧晚晴回頭看著他，笑了笑，「你想啊，你那麼討厭我，平時見了面連句話都不願意和我說，今天居然肯主動讓我替你照看大長老的藥，臨走前又說什麼給你留一碗……喂，我雖然遲鈍，但也沒遲鈍到那麼令人髮指的地步吧？」

「所以妳換了藥？」顧長生的臉冷冷的。

顧晚晴瞥了眼留下來「協助」的藥僮，哼笑，「什麼藥？我是怕你苦啊，才給你加點糖。」她說著，將手中的小扇塞到顧長生手中，「算了，既然你不相信我，還是自己動手吧。」

顧晚晴說罷便往外走。顧長生快步趕過來，在門口將她攔下，咬著牙低聲問道：「那些用來害我的藥……可還在妳的身上？」

顧晚晴失笑，伸出食指朝他勾了勾。在顧長生皺著眉略一傾身時，她小聲說：「你說我有沒有那麼蠢……留著那些藥給你指證我？」

顧長生持扇的手掌一緊。

顧晚晴又笑著問：「這次無法害到我，到底是你更失望一點，還是顧明珠更失望一點……那麼看我幹嘛？」她瞪了瞪眼睛，「比誰眼睛大嗎？我猜猜，顧明珠告訴你這個消息的時候是怎麼說的？一定是說她與你一樣，不願看著我這種沒有真正實力的人有可能成為天醫，她要淘汰掉我，再和你於決賽上堂堂正正的一較高下，到時無論誰輸誰贏，另一方都要甘心輔助，對嗎？」

看著顧長生不服的神情，顧晚晴一攤手，「淘汰了身負能力、理應是顧家天醫的我，令我無法晉級決賽，顧明珠到底是顧及著『公平』，還是顧忌著我的能力？換句話說……」顧晚晴坦然一笑，「她更有把握對付你。仔細想想吧。」說完，她朝顧長生一擺手，轉身離開了。

一路走著，顧晚晴還在想這件事的過程。

其實她根本無意對顧長生下藥，那樣她暴露出來的風險很大，正如她對顧長生所說的，顧明珠還是顧忌著她的能力，顧長德也不可能沒有防範，下藥一事很可能就是一柄雙刃劍，既達成了讓顧長生無法參加決賽的目的，又可在最後關頭出賣她。她下藥殘害族人，這樣的人是無論如何也不可能成為天醫的，這樣一來，顧明珠便可輕鬆獲勝，成為天醫。

對於決賽之事，顧晚晴本是有著自己的打算，只不過，今天顧長生反常的舉動讓她警惕起來，思索了一切可能後，她覺得她身上那包藥是最大的禍源，便火速將那藥包丟進火爐中燒了。

燒了藥粉後，她才開始考慮，到底是誰洩露了這件事？是顧長德？顧晚晴搖搖頭，顧長德或許對她不懷好意，但她更願意相信顧長德會把殺手鐧留在最後才用，而不是提前將她淘汰出局，因為還有一個大長老支持的顧長生，那樣會增加許多變數。

不是顧長德，那麼出賣她的人就呼之欲出了。

除非顧長德滿大街的宣傳他要害人了，否則顧晚晴有理由相信知道這件事的人不會太多，應該說，不超過三個。

她、顧長德、顧明珠。

顧明珠做為顧長德的首席戰士，一切應對策略是不會瞞她的，但顯然，現在首席戰士和幕後BOSS間出現了意見分歧，BOSS認為顧還珠可用，而戰士同學卻不這麼想。

戰士同學想提前淘汰顧還珠出局，並擅作主張，將下藥一事告之了顧長生，利用顧長生對顧還珠的排斥心理，間接導演了今天這場栽贓記。

想通了這一點，顧晚晴的腦子就通透了許多，當下四處尋找，好在這裡是藥房，有許多佐藥之物，以糖代藥的演完這場戲，不過是順水推舟，有人想害她，她也不能任由著那人藏起來做好人，是嗎？

離開藥房的顧晚晴沒有去看大長老，而是找到大長老身邊的藥僮替自己安排住處，又寫了一些自己平常慣用之物讓他去置辦，反正估計到決賽之前她都得留在這，她不想委屈自己。至於顧長德聽說這件事後會做何種反應她懶得去想，可能性有很多，隨他去吧，到時候水來土掩便是。

過了一個多時辰，約莫著顧長生的藥快好了，顧晚晴才離開自己的房間。往藥房去的半路上，她正遇到端藥而來的顧長生。

顧長生的臉色看起來不算太好，大概是想通了一些事。顧晚晴也沒說話，跟著他一起去了大長老那裡。

服侍大長老吃過藥，再次躺下後，顧晚晴走到外室桌前坐下，頭也不回的道：「我們聊聊吧。」

良久之後，顧長生於她對面坐下。

顧晚晴笑了笑，將倒好的一杯水推過去，「其實我也可以成為堂堂正正的比賽對手。」

第八十章

【晉級決賽】

看顧長生沒動，顧晚晴收回手笑了笑，「你別以為只有長得溫柔善良的才是好人，像我這麼美麗大方的都是壞蛋……」

顧長生面色微菜，瞥著她……眼中滿滿的不同意。

顧晚晴乾咳一聲，假裝沒看見，繼續道：「你到底明不明白？其實你被人利用了。」

「沒什麼利不利用……就算是利用，也是與我的想法不謀而合。」顧長德說完微微抿了抿唇，端起顧晚晴推過來的水杯一飲而盡，而後放下杯子，指尖在杯子上捏得都泛了白。

「你就死撐吧。」顧晚晴哼他一聲，「我就不明白了，大長老的安排有什麼不好？你做天醫，也算是圓了你的夢想，我輔助你，一方面物盡其用，一方面我也不用太費腦子，又能保證我和我義父母一生衣食無憂，多好的事。」

「妳就甘心？」顧長生猛地一擱杯子，水杯與梨花木的桌面相碰，發出響亮的撞擊聲。

顧晚晴連忙按住他手中的杯子，回頭朝內室看了一眼，見沒什麼動靜，才小聲道：「你輕點。」

顧長生的態度依舊急躁，「妳甘心被人利用設計，成為一顆棋子？」

「有什麼不甘心的？」顧晚晴鬆了手，瞪著他，「他利用我，我也未必不是在利用他，我們相互利用，最終我們都能得到自己想要的，又何必在乎一個『利用』的名聲？」

「沒有出息！」

「大長老也這麼說過我。」顧晚晴支起手托著下巴，「那你說說，人這一輩子時間這麼短，把時間都花在你爭我奪上，有意思嗎？」

顧長生不說話，像是在想顧晚晴說的話，可從他眼中流露的不甘來看，他顯然完全沒聽進去。

「其實你夠幸福了。」顧晚晴歪了歪頭，「大長老想讓你做天醫，為的絕不僅僅是顧家的掌控權，他是希望你好的。」

顧長生還是不言語。

顧晚晴嘆了一聲站起身來，「算了，希望你想得通吧，我言盡於此，你以後無須針對我，因為我根本沒想過和你作對。」說完，她離開了大長老的房間，逕自回房了。

而後幾天，顧晚晴一直在長老閣照顧大長老。說是照顧，其實就是偶爾陪大長老說說話，閒事是不用她管的，大長老的病情也很快有了轉機，不用她第二次出手，五、六天的工夫，已能自行下地，行動如初了。

大長老的病漸有起色，卻沒讓顧晚晴馬上離開，而是時不時的將顧晚晴叫入書房傳授課程，雖然講解得仍然簡潔，但比之前有用多了，顧晚晴獲益良多，又因有顧長生在身邊，比較方便，但凡有不會的、不理解的，全都問他。顧長生對她還是彆扭著一股脾氣，但總算沒有拒絕，一些講解也十分詳盡，比大長老那個有實無名的老師盡職得多。

這段時間顧晚晴一直沒去見顧長德，她相信他已經聽說了那日藥房發生的事，但他一直沒什麼動靜，顧晚晴也就等著。

直到半決賽之後，顧晚晴、顧長生與顧明珠毫無懸念的進入前三甲，顧長德這才派人來找顧晚晴，說是葉顧氏有要事找她。

顧晚晴便向大長老說明原由，離開了長老閣。

來接她的小轎並沒將她帶往顧家的大廳，而是往顧長德的園子去了。顧晚晴絲毫沒有訝異，本來嘛，今天找她的也不會是葉顧氏，顧長德只是用這個藉口，讓她出來罷了。

她是這麼想的，可到了惟馨園，竟見到葉顧氏真的在那，不由得心下犯了嘀咕，難不成真是家裡有事？

葉顧氏一臉喜意的迎著顧晚晴進到花廳，不待下人全部退出便高興的道：「家主特許你弟弟進平濟堂學習，給你爹也提了拾草堂的副總管事……」

顧晚晴抬手止住她的話。待下人全部退出後，她才拉著她的手坐下，「慢慢說，怎麼回事？」

「家主說是因為妳考核成績優異，將來很可能再做天醫的，所以才給咱們一份體面的差事，免得將來丟了妳的臉。」葉顧氏反握住顧晚晴的手，「家主說的是不是真的？妳真的能再重做天醫？」

「這……都是沒影的事呢。」顧晚晴輕咬下唇。她想了想，囑咐道：「娘，這些話出去可不要亂說。」

葉顧氏見顧晚晴神色肅然，連忙點了點頭。

顧晚晴心中苦笑，原來如此，她就說嘛，顧長德這麼不緊不慢的，原來就是有葉家人在手，以她的名義給葉家人安排了這些差事，又讓葉昭陽進入只有核心族人才能進入的平濟堂學習，她這份情，承大了，無須用什麼藥粉之類的東西示意，她也該有所行動了。

「怎麼?可是有不對的地方?」葉顧氏看著顧晚晴的臉色不對，臉上喜意也慢慢消退，「是不是家主要妳做什麼妳不願做的事，才給我們這麼好的安排?」

葉顧氏的一針見血讓顧晚晴微感詫異。

葉顧氏則道：「我雖沒唸過什麼書，但無功不受祿的道理還是懂一些的，現在看妳這般態度，還有什麼不明白的?不行！」她說著，站起身來，「我這就去與家主回了這些事，咱們再回千雲山種地去！」

「娘。」顧晚晴連忙拉住她，失笑道：「沒那麼嚴重，我是想到別的事上去了。二叔的確有事要我做，但並不是什麼難事，只是一些將來的利益分配問題，我也有求於他，只當相互交換，並不吃什麼虧。」

「真的?」葉顧氏仍有狐疑，慢慢坐下來，「妳的事我從來不問，我知道妳自己有主意，不過這次，妳不用在意我們的什麼差事，萬事以妳自己為重，就算以後失了差事要離開顧家，又算得了什麼大事?之前那十年，咱們在外奔波，不也活得好好的?」

得此一言，顧晚晴心中極暖，笑著說：「我知道了。」又問：「這次進來，還有別的事嗎？」

葉顧氏擺了下手，「就是想妳了，想來看看妳。這些時日悅郡王爺來找過妳幾次，好像有什麼急事，我問他他也不說，只說自己會通知妳，妳可見過他了？」

顧晚晴搖搖頭，以傅時秋的身分，不可能存在找不到她的情況，只能說明他根本沒來顧家找她。

「還有家主夫人……剛剛與說我要我進府領了廚房大庫那副手的差事，我原尋思著和妳商量商量，我來不來？」

「唔……」顧晚晴想了想，「來吧，也是時候了。不過娘妳記住，廚房大庫一直是三房在管，家卻是二房在當，他們之間但凡有什麼衝突，妳只管避讓，切不可摻合進去。平時的差事能推就推，也不要多管。」

「我曉得了。」葉顧氏拍了拍顧晚晴的手，「我進來也不為別的。瞧現在這樣子，妳回顧府是早晚的事，我不想離開妳太遠，差事上的事，誰愛做誰做吧。」

顧晚晴笑了笑，「倒也不是無事可做，妳平時留意著點身邊的動靜，不管有事沒事，隔段時間便向二嬸彙報一次。不過，別讓人瞧見了。」

葉顧氏微微點頭，「妳這麼說我還有什麼不明白的？三夫人再拿事，這個家畢竟是家主夫人在當，三房無論如何也越不過去。」

「正是這個理。」

顧晚晴與葉顧氏隨後又聊了些家常話，葉顧氏卻總是心不在焉的，最後終於忍不住說道：「妳與那聶家公子的婚約，可結得了嗎？」

顧晚晴一揚眉，失笑道：「怎麼？妳之前不是最反對這事的嗎？」

葉顧氏埋怨的瞪她一眼，「我倒是希望這樁婚事順順利利的，有用嗎？妳自個不上心，那聶公子也是個不可靠的，居然請命出京去了，你們的婚期都過了，他想拖到什麼時候！」

「別激動。」顧晚晴笑著倒了杯水給她，「也不是他想拖，都怪我當時任性，硬要了這婚約，現在想退都退不掉，現在這樣已經不錯了。」

微一沉吟，她又道：「再告訴妳一件事，如今我半決賽已過，已算是正式的天醫候選人了，將來不管能不能成為天醫，都要入長老閣學習四年，以便更好的掌握醫術和積累經驗。四年時間，這

婚怎麼也退得成了。」

「什麼！四年？」葉顧氏登時站起，「妳過了年就十七了，再耽誤四年，妳就成老姑婆了！」

聽著葉顧氏的形容詞，顧晚晴欲哭無淚，難道將來大學裡收的都是一群老姑婆嘛……

「反正……」顧晚晴攤了攤手，「這事也不是我決定的啊。」

「那就別選什麼天醫了！」葉顧氏很激動，「把自己的婚事都耽誤了。四年，也不知道人家願不願意等那麼久……」

「什麼啊……」顧晚晴稍稍一想，便明白葉顧氏是在說誰，大家都長了眼睛，傅時秋這段時間的表現，足已證明許多事了。

想到傅時秋，顧晚晴也有點猶豫，原打算等天醫選拔過後便與他說個清楚的，回應、抑或是退回原有的關係，無論是哪樣，總有個交代。但入長老閣學習一事來得太過突然，她昨日聽顧長生說起的時候也萬分錯愕，這件事顯然是早已定好的，但她卻一直都不知道。

葉顧氏的提醒讓顧晚晴原本已經做好的決定又有了些動搖，而後兩三天的時間，總是長吁短嘆的，學習也不如以前那麼用功了。

算起來，從她初時接觸醫術到現在，也過了快半年的時間，這些日子她每天都過得十分充實，對未來的暢想也很光明，但事世無常，計畫總是不及變化快。

顧晚晴心現猶豫之時，顧長生也出了岔子。自半決賽之後顧長生就病了，從脈象及症狀上看，怎麼看都是風寒，可就是久治不癒。

大長老看過他幾次，最後一次大長老是鐵青著臉從顧長生的屋裡出來的，而後便對顧長生不聞不問，連顧晚晴主動要求去幫他治病，都被大長老制止了。

「不長進的東西，管他做甚！」

嗯……從大長老的語氣推斷，顧長生這個彆扭的孩子，又得罪人了。

第八十一章

【最後贏家（一）】

顧長生的狀態無疑是影響了大長老，隨後對顧晚晴的教學，大長老顯然耐性不夠，總是一副琢磨事情的樣子。顧晚晴見他這樣，便提出這段時間想要溫習一下之前學過的內容，不再來上課了。大長老也沒有異議。

按理說現在大長老已然痊癒，顧晚晴應該回葉家了，可大長老始終沒同意讓她回去，顧晚晴便一直住在長老閣，直到決賽日之前。

關於決賽的內容，大長老本沒透露給她，按原計畫，她是要輸給顧長生的，所以沒必要做準備工作，可眼前的情況顯然出了變化，顧長生一病不起並拒絕醫治，似乎已經放棄了成為天醫的希望，這點又觸怒了大長老。所以，在決賽前一日，大長老再次看過顧長生後，將決賽的內容告訴了顧晚晴。

在比過了針法診脈醫理製藥後，決賽的內容聽起來頗有點返璞歸真的意思。

治病，用各種可行的辦法，治療十個身患各式病症的患者。

這考究的是參賽者的綜合能力，大長老著重強調，那些患者都是前往天濟醫廬看病的病患中挑自願參加者再隨機抽調的，可能運氣好碰到的都是風寒頭痛這樣的普通病症，也可能遇到心疾肺癆那樣的頑症，絕非單純背書或者靠運氣就能過關。

對於這點，顧晚晴早有心理準備。

大長老見她神情不變，搖了搖頭轉過身去，「妳去看看天生吧。」

顧晚晴衝著大長老的背影輕輕一福，而後退出書房，前往顧長生的院落。

因為顧長生已是長老閣的長老之一，故而享有單獨的院落。顧晚晴才進院子便聞到一股濃重的藥味，兩個藥僮對她欠身示意，便又忙著煎藥去了。

顧晚晴逕自走到臥室前，也不敲門，直接推門而入，轉進內室，便見顧長生倚在床頭，在看書。

「身體好些了嗎？」顧晚晴覺得屋裡憋悶，就走到窗前把窗子推開道小縫。

「還是老樣子。」顧長生放下手裡的書，抬起頭來。

幾天不見，他看起來更為清瘦，沒有神情的臉上也欠了點精神，看起來十分的蒼白頹然。

顧晚晴走到床邊坐下，「我幫你看看？明天就是決賽了，你真不打算參加了？」

顧長生盯著顧晚晴，一雙漆墨似的眼睛一動不動的，看得顧晚晴有點發毛。他突然扯出一個笑容，「妳幫我看，然後再給我下藥，何苦來哉？」

顧晚晴的笑容稍稍一滯，而後輕一抿唇，看著他沒有言語。

「我也不知道妳下的是什麼藥，是家主給妳的嗎？我竟如真的病了一般，重症傷寒，連大長老都看不出破綻。」顧長生說著將左手指尖按在自己的右腕上，片刻之後輕笑，「我就更看不出來了。」

「大長老之前所患的痰濕症，也是妳做的手腳吧？」顧長生頭側一旁咳了幾聲，轉回來深吸了口氣，「只有大長老的病久治不癒，才有妳發揮的餘地，妳順理成章的入往長老閣，才有接近我的機會，下藥，讓我無法出席決選。」

「那日妳拉我在大長老的房間說話，有意激我說出抗爭之言，為的是讓大長老聽到，讓大長老對我徹底失望。加之我的病情再三拖延，到了最後關頭，大長老便很可能改變主意，讓妳，來取代我。」

顧長生緩緩的說著，顧晚晴垂著眼簾，始終沒有說話，直到顧長生從枕頭底下摸出一個東西，顧晚晴這才抬眼。

「這只耳環是妳的吧？」顧長生將一只銀勾耳墜拎到顧晚晴的面前，「妳故意將耳環放在大長老的床上，使他不能入眠，才能順利的聽到我們的談話。」

顧晚晴伸手接過那只耳環，眼睛卻是盯著顧長生，「今天你說的一切事，我都不會承認的。」

顧長生輕笑，「料到了。妳也放心，我猜到的事，並未與大長老說過。」

話雖這麼說，但顧晚晴哪能放心？她到底哪裡露了破綻，居然被顧長生看穿了？連顧長生都有所察覺，大長老會一無所覺？

「大長老並沒看到妳對我下藥，所以，他不會猜到。」

顧晚晴眉頭一皺，他這麼說，難道……

「妳看那裡。」顧長生突然伸出手去，斜斜的指著上方。

顧晚晴循著方向看去，當時便是一愣，而後急速起身走到門口，仰著頭向上看，錯愕良久，終於確定了自己看到的東西。

那裡，竟掛著一面水銀鏡子。

她到這裡這麼久，用的一直都是銅鏡，從未見過水銀鏡子。

「這是我娘……」顧長生聲音微黯，「是顧夫人的東西。從西洋而來，很珍貴。我也是心存懷疑之後，才找她借了這樣東西，用來監視妳。」

顧晚晴瞬間懂了，有幾次她給顧長生倒水，顧長生都是躺在床上，本以為背對著他，他不會看到她的動作，卻不想，他從鏡子的折射角度已經看到了一切，所以才會有那些推斷吧？

「你……因何懷疑我？」猶豫半晌，她還是問出口。

「妳每次來看我，都要給我倒杯水，等我喝得差不多的時候才會走，而後我的病症便又反覆，幾次下來，很難沒有察覺。」

顧晚晴咬了咬下唇，「原來如此……」

「妳為何不像對待大長老那樣，對我一次下足夠重的藥量？那樣我或許就不會察覺了。」

「我倒是想……」顧晚晴嘀咕了一句，坐回到床前，「既然你已有懷疑，為什麼你的病還是一直都沒好？」

顧長生笑了，無比輕鬆的說道：「妳不覺得，我一直病下去對我才是最好的嗎？」他盯著顧晚晴，「不用做天醫，也不用受他支配了。」

「那你這輩子就要在長老閣孤獨終老了，你甘心？」

「所以……」顧長生頓了頓，話只說了一半，「等妳做上天醫，我再告訴妳答案吧。」

「到底……那是什麼？」顧長生見顧晚晴沒說話，忍不住問了一句，「妳倒到水裡的東西，是什麼藥？」

顧晚晴長長的出了口氣，也放棄再裝神秘了，「不是藥。」她自袖中拿出一個小瓶，「我稱之為『病水』。」

顧長生歪了歪頭表示不解。顧晚晴便大致比劃了下，「吸出你的病，注入水裡，有人喝了這水，便會和你得同樣的病。」

看著顧長生眼睛瞪得溜圓的模樣，顧晚晴失笑，「你覺得我為什麼要這麼費力，一次次的往你這跑？風寒再嚴重畢竟還是風寒，長老閣裡好醫好藥多得是，不跑得勤快一點，恐怕兩天就被你們治好了。」

顧長生也笑了，「妳說過不會承認我說的事，剛剛可是承認了。」

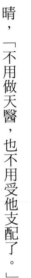

顧晚晴一攤手，「如果你叫大長老過來，我還是不會承認的，還會哭著說你冤枉我。」

顧長生嗆了一下，不再和她糾結這個問題，「明天的決賽我是不會參加的，不管妳和顧明珠誰做天醫，都和我沒關係了。」

「嗯？」顧晚晴好奇了一下，「你不希望顧明珠做天醫嗎？你不是覺得她是好人嗎？」

「沒什麼好不好的。」顧長生轉身躺下，「當初我信她的話，不過是因為我覺得那樣能幫到我自己罷了。」

他說完便擺了擺手，再沒動靜了。顧晚晴也沒有久留，起身離開。

顧長生的猜測幾乎全中，只有一點，她並不是顧長德派來的，從她與大長老談合作時起，她的目的始終就是顧長生。

在她的眼中，顧長生的威脅比顧明珠大上很多，因為顧長生的支持者是整個長老團，就算顧明珠再有顧長德和族人的支持，較之顧家核心的長老團，還是有著一線之差。

只不過，顧長生一直住在長老閣中，就算外出比賽也都是來去匆匆，所以她不得不為這個計畫做了許多準備，跑了數個醫館，去尋找那些重症患者，又將吸取出的毒素保存在小瓶中，藉著大長

老給她上課的機會讓大長老生病，而後便如顧長生所說，大長老久病不癒，才有她的出場機會，她才能留在長老閣，接觸顧長生。

現在的結果算是不錯，因為顧長生看著是一池靜水，實則就是個叛逆的人，始終不能接受被人任意安排的命運，對大長老充滿牴觸情緒，但凡他少叛逆那麼一點抖出她這事，她都不好善後，看來她升級還是升得不夠……

那麼接下來她要面對的，便只有顧明珠一個。

對於顧明珠，顧晚晴自然不會小瞧，自從升級成功後，她想通了許多事，原來之前認為的一些巧合根本不是巧合，而是有人刻意為之，比如阿獸那件事，再往遠了想，顧還珠將之推入冰水之中……顧家不是小門小戶，除了她這個不受人喜愛的六姑娘，哪位姑娘出門時不是前呼後擁的？那麼多丫鬟婆子，顧還珠竟能如此準確的只將她推入水中，不得不說這也是一門功夫。

出了顧長生的院落，顧晚晴遙遙的看著遠處的天醫小樓，輕輕吐出口氣。

顧明珠，明天，便一決高下吧！

第八十二章

【最後贏家（二）】

當天晚上，顧晚晴早早便躺下休息，養精蓄銳。明天的仗沒那麼好打，希望能夠一切順利。

第二天清晨，顧晚晴起床整裝，臨行前她去看了顧長生，顧長生並沒有給她開門，她能理解他那種既失落又解脫的心情，也不勉強。然後她又去見過大長老。

大長老的神情看起來有些矛盾，他盯著顧晚晴看了半天，揮了揮手，任她去了。

顧晚晴並未與大長老或者顧明珠同行，而是自行出了顧府。她本以為會在外看到傅時秋的馬車，可等了一會，也沒見那熟悉的馬車出現，顧晚晴便差人調了府裡的馬車。好在她已入圍天醫選拔前三甲，這段時間又住在長老閣中，故而沒人敢怠慢，得了吩咐便馬上去辦了。

顧晚晴乘車趕往天濟醫廬，一路上，難免想到傅時秋為何不來？他應該知道今天是什麼日子的，難道……他是知道了那四年的規定，覺得無法接受，所以索性不來嗎……

這些天顧晚晴也曾為那四年的學習時間而苦惱，她沒有立場要求傅時秋等她，但要她就此放棄……她又不甘！於是刻意的不去想這件事，恍恍惚惚的就到了今天，或許在她心底，也不知怎麼選擇才是對自己最好的。

到了醫廬外，顧晚晴深深的吸了口氣，不管了，既然已經走到這，那就一直走下去吧！

她下車的時候，遇見了同樣剛到的顧長德與顧明珠。顧明珠依舊笑著上來說話。顧晚晴有樣學樣的笑臉以對。顧長德則是對她們勉勵了幾句，又駐足下來，像是在等什麼人。

應該不會是等顧長生吧？顧晚晴剛這麼尋思，就見遠遠的跑來一個人，人影漸近之時，顧晚晴面上的笑容漸漸收斂起來。

「姐！」葉昭陽極為興奮的奔至顧晚晴面前，「家主特許我進決賽場給妳鼓勁呢！」說著又有些遺憾，「爹娘本來也想來的，但是家主說決賽場內不能進太多閒人，怕有影響。」

「他們在家也是一樣。」顧晚晴笑了笑，她轉身向顧長德深施一禮，「還珠謝謝二叔了。」

「一句話的事。」顧長德擺了擺手，示意不願居功，又與葉昭陽道：「你隨我先進去吧，莫要打擾到你姐姐。」

葉昭陽連連點頭，又將手裡攥著的一個平安符遞給顧晚晴，「爹娘去觀音廟求的，姐要是……」說到這，他看了顧晚晴身邊的顧明珠一眼，有點不好意思，下邊的話就沒說，朝顧晚晴揮揮手，跟著顧長德先進醫廬去了。

「他們雖是妳的義親……」顧明珠語帶羨慕，「卻比真正的親人還要更親。」

顧晚晴收好平安符，回頭朝顧明珠笑了笑，「姐姐說笑了，義親再親，也不過是義親，比不得骨血之情。二叔今天的安排是何種意思妹妹十分明白，姐姐不必憂心。」

顧明珠輕輕抿了下唇，似乎有些慚愧，只不過，顧晚晴早已學會不為他人的表象所動了。

與顧明珠進入醫廬的一路上，顧晚晴仍是有說有笑的，十分輕鬆，倒似真的不將今天的比賽放在心上一般。

進入賽場之前，顧晚晴與顧明珠各分得一個房間稍事歇息，而後，便被藥僮引到決賽賽場。

賽場中原有三個操作臺，可如今正中的那個空空如也，隨後便有長老上前宣布，顧長生放棄比賽，天醫最終將會於顧還珠和顧明珠之間產生。

今日的評委席也比以往更熱鬧，除了長老團的全體成員，另有族內元老，滿滿騰騰的坐了好幾排，共同見證這場族內盛事。

評委席首排正中分別坐著大長老與顧長德，二人身前的條案之上，置著一個精緻的朱漆托盤，盤中以紅絨相墊，上面放置著一塊通體潔白毫無瑕疵的圓形玉石，正是天醫的信物，天醫玉。

「比賽規則相信妳們已經細讀過了，在此不再多言，」大長老平平淡淡的開場，言簡意賅，「如此，便開始吧。」

相對於大長老的失意，顧長德便如春風拂面一般，也站起發言，鼓勵了一番，這才讓人將號碼牌送給顧晚晴二人，由她們自行挑選醫治對象。

呈上的號碼牌有五十個，代表著有五十名自願參加此番選拔的患者，病症各不相同，這些病患的號碼由長老們和族人在賽前不斷的進行調換，徹底杜絕舞弊之事。

按規定，顧晚晴和顧明珠各選了十個號碼，而後被選中的病患便被帶至賽場，這些人裡有症狀較輕恍如常人的，也有重症之患被人攙扶上場的。自這些人出場，比賽便已開始，顧晚晴與顧明珠須在最短時間內確診這些人的病症，做最緊急的處理，並開出相應的藥方或解決之道，最終由評委團統一裁決。

顧晚晴抽選到的病患入場時，顧晚晴的注意力並沒在他們身上，而是一直看著顧明珠的行動。顧明珠早在第一個患者出場時便已開始為他看診，不耽擱一點時間，甚至在斟酌方子的時候還能為下一個患者把脈，轉眼便已診過三、四名病患，或書寫，或下針，或按摩，全都有條不紊。

顧晚晴收回目光，便見到場邊的葉昭陽急著對她連連比劃，知道自己的閒散讓他急壞了，當下朝他點點頭，也走到那些或站或臥的病患面前，為他們一一診脈。

顧晚晴診脈之時，大長老與顧長德的目光都集聚在她身上，奇怪的是，她並不像顧明珠那樣處理開方，只是診脈，診巡一圈過後就坐回位置提筆凝想，卻是半天也不落下一字。

大長老的眉頭越收越緊，最終極為失望的輕嘆一聲，瞥了顧長德一眼，便閉上雙目，再不言語。顧長德唇邊帶笑，他自然知道顧晚晴最近極力學習，但，醫術豈是一蹴而就之事？除非她恢復記憶，否則今日的比賽，她根本贏不過顧明珠；至於葉昭陽，不過是他帶來以防萬一，並未想真的發揮作用。

「讓他們坐吧。」顧晚晴苦想了半天，似乎突然想起應善待病患一般，讓聽候差遣的藥僮請他們坐下，又親自上前一一給他們倒了水，服務倒是周到。

一旁的葉昭陽卻是急得不行了，眼看著顧明珠那邊的看診已入尾聲，顧晚晴才在紙上寫下第一個方子，這場比賽的結果，顯而易見了！

「我寫好了。」就在顧明珠書寫最後一份方子的時候，顧晚晴突然舉手，朝著評委席的方向，

遞出她寫的那唯一的一張方子。

所有評委都同時皺了皺眉。大長老也睜開眼睛，掃了眼小僮呈上的藥方，面色微惱，「此處有十個病患，妳卻只有一張藥方，難不成，他們都患的是同一種病症？」

顧晚晴走到評委席前一躬身，「不錯，以我問診的情況看來，他們都是身患風寒，一方可解。」

此言一出，大長老差點沒掀了桌子，不會也不能瞎說啊！

其他評委都是面色各異，就連顧晚晴的那些病患也個個是難以理解的神色，都是風寒？喂喂……還有人躺在那啊……

顧長德似乎有些無奈，開口勸道：「妳還是回去再仔細考慮一下……就算他們都身患風寒，也有輕重之分，豈可用一方了事？」

「唔……」顧晚晴看著顧長德，良久，苦笑一下，「不必了，就這樣吧。」

這個答案讓顧長德眼中多了幾份安心，他這才仔細看了看顧晚晴寫下的方子，一看之下竟有些意外，這方子，治風寒倒是極好的，就算是他與大長老，最多也只能開成這樣了。

看來這幾個月她倒也沒有白過，早知如此，當初何必那樣刁蠻跋扈，弄丟了大好的前程？顧長德感嘆一聲，將那方子遞給大長老。大長老還在氣頭上，看也不看便傳給了下一位長老。

顧晚晴這算是交了卷了，以後的事和她就沒什麼關係了，只等著聽結果就好。

此時顧明珠也終於完成了全部看診，厚厚的一疊方子呈上。顧長德與大長老細看之下，竟發現顧明珠給每種病症都下了至少兩個不同的方子和治療方案，叫顧明珠上前問詢，顧明珠自信應答。

「縱然是相同之病症，在不同人身上發作也有細微的相異之處，各人對藥材的反應程度也不相同，若一方常用無效，則應考慮換方，現下時間倉促，無法一一試藥驗方，便將備選方案一併寫出，以供參考。」

顧明珠嚴謹的態度得到了評委團的一致讚許，又因有了顧明珠的對比，顧晚晴的態度就變得尤其可惡，該判死刑了。

當場還有人對顧晚晴為何能一路晉級到此提出疑義，顧長德皆以微笑相報，無須言語，便顯得其中必有隱情。

看著自己馬上就要成為眾矢之的，顧晚晴的心中有些鬆動，若……就此作罷……她和傅時秋之間，便不會受那四年之約的束縛了……

正當她搖擺猶豫之時，有藥僮匆匆而入，奔至大長老與顧長德面前，「大長老，家主！皇、皇上駕到！」

大長老與顧長德同時起身，又問了一遍，得到肯定的答覆後，連忙領著眾人向外迎去。顧晚晴與顧明珠則在原地跪下，等了許多，才又聽門外腳步遝遝。

「朕聽聞今日是顧家選取天醫之日，故來湊湊熱鬧。」

一道略顯虛弱的聲音傳到顧晚晴耳中，顧晚晴微愣，這是泰安帝？半年未見，他的聲音似乎比以前更為虛弱了。同時，她又嗅到一股淡淡的檀香味道，就像在廟裡常常聞到的那種氣味一樣。

因為是跪著，顧晚晴只能看到許多雙腳在自己面前經過直往評委席那邊去，忽然「啪」的一聲，一柄摺扇掉在她的面前，跟著便有人彎腰來拾，又一道輕輕笑語飄入她的耳中：「我來晚了，如何？還沒被淘汰吧？」

顧晚晴微微抬頭，便見傅時秋那張笑得吊兒郎當的面孔，挑著唇角，朝她揚了揚眉梢。

第八十三章

【最後贏家（三）】

說真的，看到傅時秋的一瞬間，顧晚晴著實有點感動。他在外這麼多天，一定早就聽說了那個學習四年的規定，但他還是願意來幫她。

與傅時秋的交流只有一瞬間，而後顧晚晴便聽到泰安帝客氣的道：「法師請坐。」因為還跪著，顧晚晴看不到泰安帝和他身邊的人，不由得對這個「法師」好奇起來，竟能得一國之主如此尊敬，親自讓座。

泰安帝落坐後便叫了起身。顧晚晴起身退至一旁，因不敢抬頭直視泰安帝，所以仍是沒見到法師的模樣，倒是看到一旁陪坐的顧長德臉色極差，大長老的神態也十分凝重，不知發生什麼大事。

「看來是朕耽擱了你們的比賽。」泰安帝音含笑意，「繼續吧，這場面難得，朕也想見識一下。」

泰安帝平時就是個比較隨和的人，故而架子也沒那麼大，倒是另一個聲音聽起來傲氣十足：「傳說天醫神針神乎奇神，貧道也想見識一下，是不是名過其實。」

這話在顧家人耳中怎麼聽怎麼刺耳，就算是顧晚晴，也皺了皺眉。

泰安帝對那人的話卻只是「呵呵」一笑，並不計較。

有了泰安帝的旨意，顧長德便令擔任評委的族人和長老們準備核實成績，顧晚晴與顧明珠分立兩側靜待結果。評委們的注意力大都在顧明珠的方子上，又到顧明珠看診的病患前一一診過，以確定是否斷對了症、開對了方。顧晚晴這邊則門可羅雀，她那張風寒方子也被評委們置之一旁，並不重視。

顧晚晴也不著急，趁著評委們來來回回的診斷時，她小心的瞄了瞄正席，便見泰安帝一身明黃常服，精神頭看著不錯，但臉色青白，顯然是身體更差了。

再看旁邊，泰安帝身側橫刀跨馬的端坐著一個道士。那道士約莫五十來歲，眉垂過目頷蓄長鬚，一雙眼睛精亮精亮的，他穿著青灰色的稜紋道袍，頭髮只以一截木枝固定，手持拂塵，看起來倒也有三分仙氣。

原來剛剛聞到的檀香味就出自於他的身上。顧晚晴隱約有點明白了為什麼顧長德與大長老的臉色都不太愉悅，自古帝王寵信道士，多半是為了練丹延壽求個長生，更有甚者完全摒棄醫道，只以丹丸為藥。顧家世代都依附皇室，有如今的地位也與皇室的尊崇分不開，如果泰安帝通道遠醫，對顧家而言，當然不是什麼好事。

顧晚晴瞄著那個道士的時候，那道士似乎有所察覺，抬眼看了過來，不過，只與顧晚晴略一對視，便轉過眼去，眉目間頗有不屑之意，讓顧晚晴深深的不爽了。

「顧先生……」一直沒有說話的傅時秋轉向顧長德，臉上滿是意外之色，「為何沒人去查驗六小姐的成績？」

顧長德在座上朝傅時秋拱了拱手，「悅郡王有所不知，此次選拔內容是她二人各抽取病患十人，分別診治開方，明珠開方甚詳，可還珠……這十人她只開了一張子，那張方子，諸位長老都已看過了……」

顧長德本是在敘述事實，但言語之中難免有抬高顧明珠的意思。傅時秋聽了這話張了張嘴，張了嘴又不知道該說什麼，便用眼睛溜著顧晚晴，透露著點鬱悶。

看著他的神情，顧晚晴忍不住想笑，同時心中又有猶豫，這場比賽，她到底該不該繼續下去？她現在覺得有些對不起傅時秋，畢竟，他為她付出不少。

正糾結著，便聽那道士陰惻惻的一哼，「十個病人只開一張方子，顧家果然擔得神醫之名！連這種人都能晉級決選！」

如果說剛剛這老道只是語氣不好，那麼現在則是赤裸裸的譏諷了。看顧家一眾的陰沉面色，顧晚晴深深相信，如果今天泰安帝沒在現場，這老道絕走不出顧家的賽場，什麼五毒催心丸、七步斷腸散的，早就挨個招呼了。

不過這老道大概也就是仗著泰安帝在場沒人敢動他，囂張得很，讓素來心高氣傲的顧家人憋悶到內傷，如此一來，顧晚晴就成了頂缸的下家，那些吐不出來的血，都映射到她身上了，以大長老為首的，個個看她的眼神都含著針似的。

顧晚晴也挺無奈啊，誰讓她晉級的？大長老啊！怎麼不射他啊！

暗中較勁的時候，傅時秋展開扇子，「唰」的一聲吸引了所有人的注意，他這才笑笑，「顧家的天醫代代都是精英之輩，並且各有獨到之處，比如那梅花神針堪比神技，自然與常法不同，我相信六小姐定有她的獨到之處，否則怎會晉級決賽？」

這近似打圓場的話並沒有讓顧家人覺得多麼舒服，反倒是泰安帝一臉訝色，呵呵笑道：「你也會替人說話？這倒少見。」

傅時秋瞄了顧晚晴一眼，轉過頭去笑了笑，沒有說話。

接收著那麼多惱怒的目光，顧晚晴也鴨梨山大啊！她咬了咬下唇，趁著自己熱血上腦的時候邁前一步，「悅郡王說得不錯，我若沒有實力，如何晉級決選？」

她的發言令得大長老臉色更黑。顧長德則是有些煩躁，顯然是覺得她在給自己圓面子，但這種場合，著實不太適合硬出頭。顧長德琢磨著怎麼圓過這事，顧晚晴的下一句話則令他徹底崩潰。

「這十人，的確都是風寒之症，我一方可治，豈用再開多方？」

一時間，決賽場內落針可聞。不說大長老與顧長德快把眼睛瞪出來的難看神情，連傅時秋都聽不下去了，低著腦袋直揪頭髮。他不是那意思啊，不用順著他說啊，配合得不好啊……

唯獨顧明珠面現深思之色，目光又遊走於顧晚晴的那些病患身上，一個個看過去，仔仔細細。

「許是我運氣好吧。」顧晚晴看著大長老與顧長德，「請家主與大長老一驗究竟吧。」

她自信的態度終於引起了大長老與顧長德的重視。他二人對視一眼，同時起身走向那十個或坐或臥的病患，也有幾個評委跟著他們一起，每人尋了條胳膊，把脈。

這一把，問題嚴重了。

那些面面相覷的評委又引起了其他評委的重視。於是所有評委全跑過來，把脈的把脈，翻眼睛的翻眼睛，還有看舌苔的，熱鬧得很。

顧晚晴特地看了看那老道的神色，萬分蔑視。收回目光之前，她又向傅時秋輕一點頭，示意他放心。傅時秋的身子明顯一鬆，靠在椅子上又閒散起來。

等全部評審挨個給十個病患診斷過後，室內又重新恢復了平靜。

在漫長的等待中，泰安帝打了會瞌睡，一睜眼，就見以大長老和顧長德為首的評委們都站在那大眼瞪小眼，不由得興致大起，「怎麼？她診對了？」

大長老頗為鬱卒啊，這怎麼可能呢？十個病患，同樣的病症，竟連病情輕重也完全一樣，別說這種隨機抽調的比賽，就算在他幾十年的行醫生涯中也沒遇見過這麼如出一轍的病症，整整十個人，怎麼可能呢？

旁邊的顧長德則滿是懷疑和憤怒，他覺得一定是大長老搞的鬼，否則怎會出現這種情況？基於那些病患的號碼都是長老團和族人一同調配的，他又不由懷疑族人元老中出了無間道，這對他而言，簡直是個巨大的打擊。

其他的長老面色各異，但也脫不開懷疑論，反正就是沒人相信這是顧晚晴的運氣，都覺得一定有什麼內幕發生了。

這樣的結果，出乎所有人的預料之外，但事實擺在那裡，那十個人的病症連初入門的醫者都能確診，就是風寒，這是誰也改變不了的事。而顧晚晴，無論從診斷時間、診斷結果來看，都要比顧明珠更快更準確，所以，這場比賽的贏家，顯而易見了。

只是，大家還震驚著，包括那些患者，有一個躺在單架上被抬進來的尤其不敢相信，他不是癆病嗎？他之前都咳出血了啊！到哪裡都沒人願意治啊！他幾乎要絕望了啊！怎麼著……就變成風寒了？之前所有大夫都誤診了嗎誤診了嗎誤診了嗎……

「結果究竟如何？」傅時秋用扇子柄支著下巴，「別讓皇上久等啊。」

他這麼一說，顧長德連忙收拾心情，縱然不願，但皇上在此，誰敢故意欺瞞？他當下跪至正中，「啟稟聖上，這一場的結果……是還珠勝了。」

聽著他的用詞，顧晚晴攥了攥拳，而後便聽傅時秋又道：「這一場？這不是決選了嗎？顧先生的意思，可是顧還珠贏得了天醫之位？」

看得出顧長德很糾結啊！他嘴唇動了半天，就是說不出話來。

此時，便見為那些病患診脈結束的顧明珠行至顧晚晴面前，朝她柔柔一笑，「恭喜妹妹……不，恭喜天醫大人了……」

聞言，顧長德面色一敗，閉目短嘆一聲，叩下首去，「啟稟聖上，顧還珠天姿不俗，醫術超卓，為天醫選拔的最後勝者，應承天醫之位……襲天醫之爵！」

隨著顧長德的宣布，顧晚晴閉了下眼睛，又迅速張開，眼底帶著從未有過的炫麗色彩。

終於……她終於等到了這一天！她這一路有太多的不如意，太多的淚水與辛酸，從阿獸的離去到白氏母女的挑釁、從顧明珠的接連刺探到顧長生的懷疑敵意，再到大長老和顧長德的多次利用……其中種種艱難困苦，沒人會比她自己更加明白！

還好，苦苦掙扎了這麼久，她終於又回到了她的起點，讓她怎能不欣喜若狂！

《天字醫號03》完

敬請期待看精彩的《天字醫號04》

【第三帖】

周旋：
異能爲引
防備 五兩
心思 二錢
陰險 三分
強硬 十成
幫手 若干

天宇醫號 參

飛小說系列048

天字醫號03

我就是京城第一惡女！

出版者■典藏閣
作　者■圓不破　　繪　者■Welkin
總編輯■歐綾纖
製作團隊■不思議工作室

郵撥帳號■50017206 采舍國際有限公司（郵撥購買，請另付一成郵資）
台灣出版中心■新北市中和區中山路2段366巷10號10樓
電　話■(02)2248-7896　傳　真■(02)2248-7758
物流中心■新北市中和區中山路2段366巷10號3樓
電　話■(02)8245-8786　傳　真■(02)8245-8718
ISBN■978-986-271-331-0
出版日期■2013年3月

全球華文國際市場總代理／采舍國際
地　址■新北市中和區中山路2段366巷10號3樓
電　話■(02)8245-8786　傳　真■(02)8245-8718

新絲路網路書店
地　址■新北市中和區中山路2段366巷10號10樓
網　址■www.silkbook.com
電　話■(02)8245-9896
傳　真■(02)8245-8819

☞您在什麼地方購買本書？☜

☐便利商店＿＿＿＿＿市／縣＿＿＿＿＿＿＿＿＿＿便利超商

☐博客來　☐金石堂　☐金石堂網路書店　☐新絲路網路書店　☐其他網路平台

☐書店＿＿＿＿＿＿市／縣＿＿＿＿＿＿＿＿＿書店

姓名：＿＿＿＿＿地址：＿＿＿＿＿＿＿＿＿＿＿＿＿＿＿＿＿＿＿＿

聯絡電話：＿＿＿＿＿電子郵箱：＿＿＿＿＿＿＿＿＿＿＿＿＿＿＿＿

您的性別：☐男　☐女

您的生日：＿＿＿＿＿年＿＿＿＿＿月＿＿＿＿＿日

（請務必填妥基本資料，以利贈品寄送）

您的職業：☐上班族　☐學生　☐服務業　☐軍警公教　☐資訊業　☐娛樂相關產業
☐自由業　☐其他＿＿＿＿＿＿

您的學歷：☐高中（含高中以下）　☐專科、大學　☐研究所以上

☞購買前☜

您從何處得知本書：☐逛書店　☐網路廣告（網站：＿＿＿＿＿＿＿）　☐親友介紹
（可複選）　☐出版書訊　☐銷售人員推薦　☐其他

本書吸引您的原因：☐書名很好　☐封面精美　☐書腰文字　☐封底文字　☐欣賞作家
（可複選）　☐喜歡畫家　☐價格合理　☐題材有趣　☐廣告印象深刻
☐其他＿＿＿＿＿＿＿＿＿＿

☞購買後☜

您滿意的部份：☐書名　☐封面　☐故事內容　☐版面編排　☐價格
（可複選）　☐其他＿＿＿＿＿＿＿＿＿＿

不滿意的部份：☐書名　☐封面　☐故事內容　☐版面編排　☐價格
（可複選）　☐其他＿＿＿＿＿＿＿＿＿＿

您對本書以及典藏閣的建議＿＿＿＿＿＿＿＿＿＿＿＿＿＿＿＿＿＿＿＿＿＿＿＿

＿＿＿＿＿＿＿＿＿＿＿＿＿＿＿＿＿＿＿＿＿＿＿＿＿＿＿＿＿＿＿＿＿＿＿＿

未來您是否願意收到相關書訊？☐是　☐否

未來若有校園推廣您是否願意成為推廣大使？☐是　☐否

✎感謝您寶貴的意見✎

✌From＿＿＿＿＿＿＿＿＿＿@＿＿＿＿＿＿＿＿＿＿＿＿＿＿＿

♦請務必填寫有效e-mail郵箱，以利通知相關訊息，謝謝♦

印刷品

$3.5
請貼
3.5元
郵票
不思議信箱
FUSIGI POST

235 新北市中和區中山路二段366巷10號10樓

華文網出版集團　收

（典藏閣－不思議工作室）